AVみたいな恋ですが

椿姫せいら

新書館ディアプラス文庫

AVみたいな恋ですが

contents

illustration：北沢きょう

AVみたいな恋ですが

帰宅ラッシュ真っ只中の時間帯。電車の中は多くの乗客で埋め尽くされ、隙間もないほどだ。酸素も薄くて苦しい。隣の女性のピンヒールに足を踏まれて痛い。前にいる背広を着た中年男性から汗と加齢臭の入り混じったなんとも形容しがたい臭いがする。鈴木しのぶはドアに張り付きながら、この拷問のようなひと時に耐えていた。

けれどもその顔は、状況にそぐわずにやついている。

決して踏まれるのが好きなドMだからではない。理由は、ほんの小一時間ほど前、会社帰りに立ち寄った書店での出来事にあった——。

しのぶが買い求めたのは、本日発売、爽やかなビジュアルで昨今テレビを中心に大活躍中である、若手俳優の新屋ユウト——通称『新屋さま』のファースト写真集だ。しのぶは彼の大ファンなのだ。

発売を記念して、都内のいくつかの大型書店では『新屋さまのお宝グッズが当たる！　購入者限定キャンペーン』なるものが催され、それも楽しみの一つであった。正確に言えば当たる『かも』で、それは商品を買って中を開けてみないとわからない。いわゆるランダム商法というものに、しのぶもまんまと引っかかり、鑑賞用と保存用の二冊を購入した。

家に帰るまで待ちきれなくて、書店を出て手近なカフェに飛び込んだ。そこでこそこそとビニールを破いて中を確認し、一冊の表紙の内側に新屋さまのブロマイド——それも直筆サイン入りの、どう考えても当たりの品を目にしたとたん、動揺してテーブルの上のコーヒーを倒してしまった。スーツの袖にちょっとかかってしまったが、ブロマイドにかからなくて本当に、心の底からよかった。

まさか自分が当たるだなんてと、そのときのことを思いだしつつ喜びを噛み締めながら、しのぶは胸に抱いた鞄を愛おしげに撫でた。この中には写真集とお宝ブロマイドがあるのだ。早く家に帰って、たっぷりと見て愛でたい。幸せな高揚感は引くことなく、どうしたって笑いが止まらない。

（なんたって直筆だもんな）

それは新屋さまが直に触れたことを意味している。だとすればだ——もしかしたら、当たったファンへのサービスで、ブロマイドにキスなどしてくれているかもしれない。あくまで妄想だ、万に一つの可能性ですらない。けれどもしのぶの中に潜む、とある『性癖』が、その興奮を抑えられなかった。

しのぶは唇フェチなのだ。

女性のふくよかな胸より、しなやかな脚より、老若男女問わず、唇こそがなにより魅力的に感じる。

新屋さまの唇は、とりわけしのぶの理想であった。食べごろの果実のような色合い、写真や画面越しでも伝わる瑞々しさ、ふっくらと程よい厚みに、笑ったときにちらっと覗く、輝くような白い歯との対比……。正直、神だと思う。

一人暮らしをしている部屋には特大サイズの新屋さまポスターが貼ってあり、行ってきますとただいまのキスは欠かさないし、出演メディアは全部チェックしているし、雑誌は切り取ってファイリングするという入れ込みようだ。

三十路前の男が、童貞なうえ、同じ男の……それも唇に限定して熱を上げているなど、変人に片足を突っ込んでいるのは重々承知だ。もしかしたらゲイなのかもしれない、そんな漠然とした思いも常にある。けれども男とも女とも、誰とも付き合ったことがないのだから、そのあたりは突き詰めようがないのだ。

――ノーマルかゲイかも不明な唇フェチの童貞。それが自分だ。

（こんな俺じゃきっと、一生まともな恋なんかできないな……）

諦めに近い思いを抱くしのぶの瞳は、夕闇色に染まった車窓を見ていた。冴えないサラリーマン――自分の姿が映り込んでいる。くたびれたスーツを纏った小柄で華奢な身体。クセのある猫っ毛は七三に撫でつけられていて、時代遅れも甚だしい黒縁メガネが、野暮ったさに拍車をかけている。顔の造り自体は悪くはないのに、上手く飾りたてることを知らず、しのぶは地味そのものの見た目をしていた。

外見に魅力がないうえ、唇フェチという珍奇な性癖まであっては、モテないのも致し方ないだろう。

思わずため息が出てしまうものの、悩んだところでイケメンに生まれ変われるわけでなし、唇フェチをやめられるわけでもなしなので、今さら落ち込みはしない。ただ、これが俺なんだよなあ、と思うだけだ。

　それより今気になるのは、メガネのレンズの曇りのほうだ。人混みの熱気がすごすぎて、かけていても意味がないほどぼやけている。しのぶはそれを外してスーツのポケットに仕舞（しま）った。どうせぼやけるなら裸眼でも一緒だ。

　そうこうしているうちに、電車は一つ目の停車駅に到着し、寄りかかっていたドアが開いた。降りてスペースを空（あ）けなければと思ったものの、動きがとろいせいであれよあれよと人波に流されてしまった。

「あの、ちょっと、すみませ……ぶっ」

　あたふたしながら、ホームに足をついたところで、顔面から壁にぶつかってしまった。が、それは壁のようにがっしりとした男の胸板だと気づく。

「す、すみません」

　ヒリヒリする鼻の頭を押さえながら視線を上げる。すると長身で、黒っぽい服装の、サングラスをかけた男の姿が、ぼんやりとした視界に入った。けれどもその唇に目を留（と）めたとたん、しのぶはぎょっとし、叫んでいた。

「しっ、新屋さま⁉」

　——の、唇に、間違いない。

衝撃の雷に打たれながらも、しのぶは確信していた。唇に関しては視力の弱さなどさほど問題ではない。唇が好きすぎてたまらない本能が叫び、唇を見て愛で分析することに関しては異常レベルのフェティシストスキルが太鼓判を押す。

これは自分が神と崇める人の素晴らしき唇――世界に二つとない宝石であると。

「……ああ？　俺のこと知ってんのか」

男が口を開いた。声が普段よりも低く掠れ気味なのは、何せ売れっ子芸能人、疲れているせいかもしれない。そんなことにもいちいち感動して、しのぶは上気した顔でこくこくと頷いた。

「し、し、知ってます……っ」

知っているどころの騒ぎではない。心音は先ほどから祭りの太鼓かというほどドコドコと鳴っている。

「ふうん。……意外だな。あんたみたいのが俺を知ってるとか」

「そ、そ、そんなことは……っ」

「あー、わり。俺急いでるから。サインとか握手とかナシな」

男はひらひらと片手を振って感極まるしのぶの言葉を遮ると、電車に乗り込むため、横を通り過ぎようとした。その腕を咄嗟に摑んで止める。

「ま、待ってください……っ」

男がぎょっとしているのが、触れた腕の強張りからわかる。大胆なことをしていると思ったけれど、この夢のようなひと時をすぐさま終わりにはしたくなくて、しのぶは必死だった。

「俺は、その、新屋さまが……っ」

ファンです、応援してます――そんな簡単な言葉も、ひどい緊張のせいで出てこない。時間は無為に過ぎていくばかりだ。そうこうしているうちに、発車を報せるベルの音が鳴り響いた。タイムリミットだ。

「……用がないなら離せって」

すでに二人を除く乗客は乗車を終えたあとだ。男の声色には焦りと苛立ちが混じり、しのぶの手を振り払おうとした。そうされる前に、しのぶはえいっとばかりに叫んだ。

「す、好きです！」

「…………は？」

不意を衝かれたのか、腕を中途半端に上げた状態で、男の動きが止まる。

「お、俺、新屋さまのファンで……大ファンで……っ。大好き、なんです……！」

ありったけの勇気を込めて、しのぶが想いを告げたそのとき。

まったく同じタイミングで、ぷしゅう、と電車のドアが閉まった。

「あーっ！」

待ってくれ、と言わんばかりに男は声を張り上げたが、時すでに遅しだった。電車はゆっくりと動き出し、あっという間にホームを抜けて、夜の街へと吸い込まれるようにして走り去っていった。やがてホームに静寂が満ちると、固まった姿勢で電車が見えなくなるまで見送っていた男が、「……おい」と唸るように言った。

「あんたが引き止めたせいで、電車乗れなかったじゃねぇか……」

「あ……、す、すみませ……」

「さっきの逃したら、しばらく各停しかこねぇんだぞ。さっさと帰って休みたいのに……こっちはな、色々あって疲れてんだ。ああもうマジついてねぇ！」

荒々しく腕を振り払われ、しのぶはサーッと青ざめた。奇跡の出会いに我を忘れて、普段なら絶対に取らないような行動を取ってしまった。それが大好きな人に迷惑をかけることに繋がるなんて、想像する余裕もなかったのだ。

「くそっ」

男はむしゃくしゃとサングラスを外し、インナーシャツの襟ぐりに引っかけた。すごく怒っているのは言葉からも態度からも明らかだ。

（あ、謝らなきゃ）

しのぶは尋常じゃない冷や汗でカッターシャツが背中に張り付くのを感じながら、スーツのポケットからメガネを取り出して、かけた。ちゃんと目を見て謝罪をしよう。そう思って姿勢を整える。

「あのっ、本当に申し訳――」

しかし言葉は続かなかった。しのぶは頭を真っ白にして固まった。

目の前にいたのが、新屋さまではなく――まったくの見知らぬ男だったからだ。それも、新屋さまが天使なら、その男は悪魔と喩えたくなるような強面だった。

（……嘘）

頼むから嘘だと言ってくれ。なにかの間違いだと言ってくれ。いや、間違えたのは自分なのだが。こんなそっくりな唇をしているのだ、別人だと思うほうがおかしい。ありえない。これは神様の悪戯かなにかか――？

唇という一部分を除いて、新屋さまとまるきりタイプは違えど、男もはっとするような美形だった。意志の強そうな眉、通った鼻筋、猛禽類を思わせる鋭い瞳といったパーツが、理想的な配置でシャープな顔におさまっている。身長はゆうに百八十は超していそうで、驚くほどに手足が長い。インナーシャツを盛り上げているのは男らしく締まった胸筋だ。色香を纏う浅黒い肌も、多くの女性には魅力的に映るだろう。黒のライダースジャケットにダメージジーンズというクールな装いは、無造作に流しただけの艶のある黒髪と相俟って、どこか野性的な匂いを漂わせていた。

「ああ？　なにまじまじ見てんだよ」

しかし、如何せんしのぶにとっては苦手なタイプだ。森で熊に出くわした子兎の気分というか、ひと目で力のあるとわかる相手には本能的に恐怖を感じ、身が竦んでしまう。ただでさえ不機嫌にさせてしまっているのに、そのうえ人違いで足止めを喰わされたと男が知ったら……怒りは倍増することだろう。あくまで比喩だが、剝かれた牙が自分に突きたてられるところを想像し、しのぶは思わず身震いした。

「なんだ、このダサメガネ。笑い取りにきてんじゃねえよな」

男は指先でしのぶのメガネをくいっと持ち上げると、目元を覗き込んできた。さらに前髪をくしゃくしゃと乱される。

「……メガネと七三がなきゃ、わりと可愛い顔してんじゃねえか」

男が口にしているのは褒め言葉だが、その顔にはありありと『残念』の文字が浮かんでいた。

「なんつうか、あんたの場合、ギャップ萌えというより素材殺しだな。こんなナリでAVとか見るのかよ」

「えーぶい……？」

「ま、そこが面白いっちゃ面白いか」

暇潰しくらいにはなるか。

男はそう言って、いきなりしのぶの手を摑んで歩き出した。

「ちょっと付き合えよ。あんたのせいで次の電車来るまで時間潰さなきゃなんねぇんだから」

「ひ、暇潰し？」

どこへ行くのだろう。悪い予感しかせず、しのぶはホームの階段を上がる男の背中に訴えた。

「ご、ごめんなさい、離してください……、謝りますから、あの……っ」

　必死になって解放を訴えるものの、男は聞こえていないのか、それとも聞き入れる気がないのか、ずんずんと先を行ってしまう。一応手を振り解こうとしたり、足に力を入れたりしてみるのだが、そんな抵抗など男は毛ほども感じていない様子だ。

　男が向かった先は、駅内にあるトイレだった。改札からもホームへ繋がる階段からも遠く、あまり利用客はいないだろうと窺い知れる。二人が入ったときも、そこには誰の姿もなかった。男は一番奥にある広めの個室にしのぶを押し込むと、自分も中に入って鍵を閉めた。駅の喧噪を遠くにカチリと響く音は、どこか無情で恐ろしく、しのぶを震え上がらせた。本能が逃げろと訴え、男の横から身体を割り込ませ退路を確保しようとするが、肩を掴んできた手にあっさりと阻止され背中をドアに押しつけられる。

「逃がすかよ」

　ドアにドンと手をついてしのぶを囲った男が身を寄せてくる。緊迫感はピークに達していた。

（殴られる……っ？）

　しのぶはぎゅっと目を閉じた。しかし、降ってきたのは拳でも蹴りでもなく、意外な言葉だ。

「なあ。あんた、俺の大ファンって言ったよな。どんなふうに好きなのか教えろよ」

「……はい？」

「だからさ。ファンだったら、大好きな俺に、どんなことしたい、されたいって、普段から妄想したりすんだろ。それを言ってみろってこと」

（なに言ってるんだ……？）

おそるおそる目を開け、男の言葉の不可解さに眉を寄せたしのぶだったが、至近距離にある新屋さまそっくりの唇に目が留まるなり、ありとあらゆる思考を飛ばしてしまった。残ったのは唇好きの煩悩だ。

（うう……やっぱり素敵）

たまらない。触りたい。欲求がポップコーンが弾けるみたいにしてどんどん湧いて出てくる。

それだけじゃない、例えばこの理想の唇とキスできたなら——死んでもいいほど幸せに違いない。ポスターじゃ味わえない、温もりややわらかさは、いったいどんな感じなんだろう。

しのぶがうっとりとその部分を見つめていると、男が我が意を得たりとばかりに言った。

「口でしたいか？」

「な、なんで……っ」

考えていたことがわかったのだろう。

愕然とするしのぶを見やり、男は喉を鳴らすようにして笑った。

「なんでってあんた、わかりやすすぎんだろ。さっきから俺の口元ばっか見てんじゃねーか」

「う」

「そっか。……口ね。なら、してみるか？」

「え……？」

男の顔が徐々に近づいてくる。意味深な微笑を浮かべた唇に気を取られていたら、それが自分の唇に重なった。

（――え）

なにが起こったのかわからず、呆然とするしのぶを薄く開いた瞳の先で見やりながら、男は二度三度と、様子見のような淡いキスを繰り返す。はっとしたしのぶは、慌ててその胸を押し返した。

「や、やめてください！」

しかしだ。振り切った唇が目に入ったとたん、

（か、神か！　この人の唇も）

と、抵抗の姿勢も混乱する思考も、なにもかもが消え去ってしまう。

「そんな物欲しげな顔じゃ、説得力ねえ言葉だな」

笑う男の唇が、再びしのぶのそれを覆った。合わせ目からぬるりと舌を差し込まれ、腕から鞄が滑り落ちる。

「は……んんっ」

今度は我に返る暇もなかった。分厚い舌が口内を縦横無尽に這い回り、快感ともわからぬ感

覚を植えつけ、頭の中を犯していく。舌をしゃぶられ、上顎を舐められ、歯列をなぞられ——強引で巧みな男のキスに翻弄されるうち、口内は自分のものか男のものかわからない唾液で溢れかえった。

「あふ……っ」

鼻から息が抜け、深く合わさった唇から、つうと透明な糸が伝い落ちてカッターシャツの襟元に浸透する。しのぶの細い喉がこくんと上下して、甘い蜜を腹の中に落とした瞬間、強張っていた身体がふわりと溶けた。

これがキス……。

自分には一生縁のない行為だと思っていただけに、理想の唇とキスしている、胸を震わせるようなその事実に、深く陶酔してしまう。相手が誰かなど、もうどうでもよくなってしまうくらいにだ。

「キス一つでとろけちまったのか？　意外にエロいんだな……」

とろんとした瞳で、キスを解いた唇が、揶揄を込めた囁きを落とすところを見つめた。キスの名残で濡れて光っているのがたまらなくエロティックだ。

「ほら、ぼんやりしてんな。メインディッシュはこっちだろ。……しゃがんで」

神にも等しい唇が下す命令に、逆らおうだなんてこれっぽちも思わない。こくんと頷いて、しのぶはその場にゆっくりと跪いた。

「いい子だ。存分に味わわせてやるからな。――ほら」

男はジーンズのチャックを下ろすなり、勃起もしていないのに十二分に立派な性器でいきなりしのぶの口を割った。生々しい肉の感触、男くさい匂いに、甘美な唇の魔法は瞬時に解ける。

「ん、んう……っ⁉」

大きなもので口内を満たされ、粘膜や舌を容赦なく擦られ、あまりの苦しさにしのぶは喘いだ。言葉にならない声に、緩く腰を動かす男が答える。

「したかったんだろ？　――口で。夢が叶って嬉しいか？」

（違う。こんな場所にキスしたかった、わけじゃ）

「んんっ、うん、んっ、んうーっ！」

「そうがっつくなよ。わかってる、奥まで欲しいんだろ？」

男の腕に縋り抵抗の姿勢を示したものの無駄に終わり、それどころか頭の後ろをがっちりと押さえつけられ、先端の張り出した部分で喉の奥をぬるりと撫でられ、生理的な涙が滲んだ。

呻きながら解放の意志を舌や唇を動かすことで伝えようとするものの、

「……へったくそ」

ため息混じりに呟く男にはまったく伝わらない。どうして、なんでと、真っ赤に染まった眦と涙に濡れた瞳で、男を見上げたそのときだ。

「……っ」

しのぶと目がかち合った男の眉間に苦しげな皺が刻まれ、息を詰めた――同時に、口の中のものが初めて反応を見せる。大きさと硬さを増し、ぐぐっと上を向き、無防備だった上顎をごりっと抉ったのだ。驚いたしのぶは目を見張ったが、驚くべきはこのあともだった。それはまるで手綱を離れた暴れ馬のように、びくんびくんと跳ねるように動き回り、あっという間に弾けた。熱い飛沫を凄まじい勢いで撒き散らしながら。

「んぐっ……、う、う……っ」

頭を押さえつけていた男の手が離れると、しのぶはずるりと口の中のものを出し、ごほごほと咽せた。濃厚な精液を飲み下せないほど多く出されて、口のまわりはもちろん、着ているものにも飛び散ってしまった。きっと、壁や床にも。――そのくらい勢いも量も、激しい射精だった。

「……嘘だろ。こいつで勃つなんて」

信じられないとでも言いたげに、男は呟いた。そしてしのぶの腕を摑んで立たせ、間近からじっと見つめてくる。その瞳の中にあるのは狂おしいほどの焦燥の色と、それに付随する濃厚な色気だ。

だが、その理由がわからない。

それでも、どきりとしてしまう。

「あ、なにを……っ」

男はしのぶに、トイレタンクに両手をついて上半身を伏せ、下半身を突き出す体勢をとらせると、あっという間に下着ごとズボンを下ろしてしまった。

「ひゃっ」

ひやりとした空気が肌どころかあらぬ部分にまで触れ、しのぶは真っ赤になった。スーツの上だけしっかり着込んで、下は丸出しの間抜けな姿を、後ろから他人に見られている。小ぶりな尻も、白い腿（もも）も、その隙間から見えるであろう、男のものに比べると子どもも同然な性器まで——すべて。

「や、やめてください……っ」

必死に身体を捩（よじ）るが、男に背中からのしかかられ、抵抗をなんなく抑えつけられる。取り去った下着とズボンを適当に放り投げた男が熱い息をこぼした。

「やめて、なんて——逆効果だぜ。余計に男を燃えさせるだけだ」

「そ、そんな……」

「俺だって、最後までするつもりはなかったんだ。……ちょっとからかってやるだけのつもり、だったのに」

男の手が顔の前に回り、長い指が二本、口の中に差し込まれた。中をくちゅくちゅと掻（か）き混ぜられ、あふぅ、としのぶは甘ったるい呻き声を漏（も）らした。

「こっちはあんなんじゃ全然おさまんねえんだよ。あんたのせいでもあるんだ。付き合ってくれるよな」

興奮が滲む声で、男がなにやら言っている。けれど、口の中に残った精液や唾液を指で掻き混ぜられる音が頭の中を毒すように大きく響いて、よく聞こえなかった。

「ふあっ……」

口内をたっぷりと蹂躙したのち、指が引き抜かれる。いたぶられすぎた舌はジンジンと痺れていた。己の舌先と、男の指先とが、白濁色の糸で繋がっている。淫靡なその様に胸がかあっと熱くなった。すると今度は後孔に指を突き立てられ、ひ、と掠れた悲鳴が漏れた。

「な、なんでそんなとこ、指……っ、や、痛いです、抜いて……抜いてくださ……っ」

「なに言ってんだ、指の二本くらいで」

涙目になったしのぶを、男は軽い一言で一蹴する。

「AV好きなら後ろくらいいじってるか、とっくに開発済みだろ？　にしてはせめーけど」

ああ、もしかしてあんたもご無沙汰か？　――とは、男はなにを言っているのか。そういえばAVという単語を男の口から何度か聞いた気がするが、尻の中に異物を入れられた状態で、まともにものを考えられるはずがなかった。

「あ、あっ……やだ……っ」

自分でも触れたことがない身体の内側に、誰かの体温と感触を感じる。それは奇妙というほかない感覚だった。男の節くれだった長い指が、ずちゅずちゅと肉の隘路を行ったりきたりする。鉤形にされた指先で奥をぐりっと引っかかれると、ひん、と女の子みたいな甲高い声が出てしまった。

「やだとか言ってんなよ……」

唇で耳朶を食まれ、艶めいた囁きを吹き込まれる。唇のやわらかな感触、それから口内の危うい熱さに、心も身体もぞくぞくしてしまう。

「ウブそうに見えて男を煽るのが上手いな。拒むふりして俺を挑発してんだろ」

「そんなつもりは……っ」

「なら、これはなんだよ」

後孔を攻めているほうとはべつの手が、しのぶの性器に触れた。指先で敏感な裏筋を撫で上げられ、緩く勃ち上がっていることを教えられ、かあっと顔に赤みが広がる。

「こ、これはちが……っ、あ、はあ……っ！」

言葉でどんなに否定したところで、手練手管にたけた男の愛撫の前では無意味だった。性器を上下に擦りたてられながら、先端を親指の腹でくりくりと刺激されれば、あっという間に快感のゲートが開き、トプッ、と先走りの蜜が溢れる。

「あ、あ……ん」

すると、前で感じることで後ろも緩んできたのか、男の指を違和感なく呑み込めるようになってきた。

「あ、そこ……っ」

「ここか？」

それどころか、そこにも感じる部分があることを知ってしまう。奥よりも少し手前にある、小さな突起物をころころと押し回されると、大きな快楽が湧いて広がり、たまらなくなるのだ。

「あん、あん……っ」

中をいじくる男の指をきゅうきゅうと締めつけ、腰をくねらせ甘い声で鳴いてしまう。まるで発情期の動物のようだ。

「ここがあんたのイイとこか。安心しろよ、今から俺ので、腹ン中みっちり埋めて、全部一緒に掻き回してやる。天国行けるぜ？」

大胆不敵な発言をしながらしのぶの中から指を引き抜いた男は、ジーンズの後ろポケットに手を伸ばし、四角くて薄くて小さな物――ゴムを取り出し、雄々しさを保ったままの性器に被せた。思わせぶりに腰を撫でられながら、熱い切っ先をひくひくしている蕾に定められる。

（駄目……これ以上は駄目なのに……）

消えかけの理性が囁いている。けれども男の唇に赤い舌が這う淫靡な仕草を目にすると、頭の中が喜悦で満たされ、なにもかもどうでもよくなってしまった。

「キスくらいじゃ得られない、死んでもいいってくらいの快楽を……これからあんたの身体に教えてやるよ」

「あ、あ……あぁぁ……っ！」

いっそ極悪なほど逞しい亀頭に無垢な花びらを散らされた。その次の瞬間には、一息に串刺しにされ最奥の淫肉を叩かれていた。

「……すげえ締まり。あちぃ……」

男が快感を噛み締めるように呟く。

まだ衝撃の波は引いていないというのに、男はペニスに肉襞を纏わせながら少し腰を引くと、さっき指で見つけたあの感じる部分を、先端を使ってぐりぐりと捏ねてきた。とたん、腹の中がきゅうんと切ない感覚でいっぱいになる。

「あぁん……っ！　駄目です、そこ、くるしっ……おっきすぎ、ます……っ」

指でだって充分強烈だったのに、そんな大きなもので容赦なくいじめられては、頭がおかしくなりそうだ――。

しかし駄目と言いながら、しのぶの媚肉は貪欲な動きで男のものに絡みつき、きゅうきゅうと締め上げる。もっとして、とねだっているかのように。はしたない無意識の反応に、脳が煮え立つ。

「大きいだけか？　俺のは。ん？」

男が笑いながら、ずん、と奥を突いてくる。性器を出し入れされるたびに、ぬちゃっ、ぐちゅっ、と卑猥な水音が立った。耳からも犯されている気分になり、ついあられもない言葉を口走ってしまう。

「か、かたくて……っ」

「それから?」

「ふとい、です……っ」

「ああ。あんたの孔もすっかり俺の形に広がってるぜ」

男が笑って、ずるう、と太い竿で肉壁をこそぐようにして性器を抜いていく。亀頭を肉環に引っかけたまま、ぐるりと腰を回されて、自分のそこがどんなふうにして貪婪に男を呑み込んでいるのか知らしめられる。しのぶに激しい羞恥を植えつけたあと、それはずるんと再び奥へと戻ってきて、膨らんだ前立腺と熟れた媚肉を一緒くたに擦った。突き抜ける痛烈な快感。やぁ、と甘い悲鳴がこぼれる。

「……は。イイ声出せんじゃん」

男の動きがゆったりと味わうようなものから、余裕を捨て己の快楽のみを追おうとする、激しいものへと変わっていく。ずん、ずん、と容赦なく奥を攻められる。

「あ、あん、あぁっ、だ、めぇっ」

尻だけを掲げる形で、両脚を小刻みに震わせながら、タンクにしがみつくしのぶは目が眩むほどの快楽の渦に巻き込まれた。後ろがきゅうきゅう締まると同時に、前がどんどん張り詰めていく。

「も、もういっちゃ……もれちゃ……ます、から……っ」

「どっちが？」

ふ、と笑った男が、ぱんぱんに張り詰めていたしのぶの性器を握り、先端を便器の中へと向ける。

「出せよ。……ほら」

「あ、あっ、いやです、そんなっ」

「あんたが天国に行くところ、見ててやるから」

男の唇が無防備なうなじに吸いつく。じゅるじゅると肌を啜られ、しのぶは目の前に光が舞ったように感じた。本当に天国への迎えが来たのかと思ったほどだ。

「あんん……っ」

――あの唇が、俺を食べてる。

身体の芯まで震えるような高揚感は、しのぶを一足飛びに高みへと連れていった。唇で肌をなぶられながら、凶器のような肉棒で中を強く抉られ、熱いものがびりびりと性器を伝う。

「あっ、いやあっ、それ以上したら……あああぁっ！　……ふ、ぅ……っ」

先端から弾けた白い精が、便器の水だまりに向かってぱしゃっと落ちる。こんな場所で達するなんて――まるで粗相だ。死にたいくらい恥ずかしいのに、死んでもいいとさえ思えるほどの快楽だった。

「ああ、ああ……はあう……っ」

身体を、心を、包み込む満足感と背徳感。肌が粟立つのを止められない。腰を支えられていなければ、身体はとうにくずおれていただろう。

「――たくさん出たな」

しのぶの性器を握って便器の中に狙いを定めながら、射精の様子をつぶさに観察していた男が愉しげに囁いた。責められているわけでもないのに、いたたまれなさからつい、しのぶはごめんなさいと謝ってしまう。

「こういうときはな、『すっごくよかった』って言うんだよ」

事後の手ほどきをしつつ、自分はまだ最中であることを、男は行動で示した。くったりとするしのぶの身体を引き上げ、後ろから両脚を抱え込み、膝抱っこするような体勢で便座に座る。その間、中途半端に入ったままだった性器は、男の膝に下ろされることで自重がかかり、根元までずっぷりと埋まってしまった。

「ひゃぁっ！」

「休んでるヒマなんてないぞ。俺はまだイってないんだから……なっ」

挑発的に言うなり、男が強く突き上げてくる。

「あ、ああっん！」

一度達してとろけきった中を再び刺激されると、さっきより輪をかけて、強烈な快感が四肢を電撃の如く駆け抜けた。しのぶの両膝の裏に腕を回し、男は激しく色っぽく腰を使う。

「ん？　さっきとは違うとこにあたっていいだろ」

いいなんてものではない。天国に連れていかれたはずなのに、もう一度強引に地上まで引き下ろされ、快楽という責め苦を味わわされている気分だ。しのぶは岸に打ち上げられた魚のようにびちびちと跳ねながら、絶え間なく嬌声をあげ続けた。

「ふぁ、あん、あん、あん、あぁん……！」

「こっちはどうだろうな」

乱れたスーツの上着の内側に、男の手がするりと入り込んでくる。カッターシャツの上から勃ち上がった乳首を見つけだし、きゅうとひねり上げた。

「やっ」

「お。胸も好きか。やらしいな」

嬉しそうに言いながら、男が両手で指の間に挟んだ乳首をぐにぐにと捏ね回す。乳首はただの飾りから色づきを伴った淫らな果実へと変化し、シャツから透けて見えていた。

いやらしい。

だけど目が離せない。

シャツが擦れてもどかしいのも、男の指に痛いくらい強くいじくられるのも、両方いい。だが乳首への愛撫で感じる一方で、逞しい肉茎をはめられたまま放置されている中が切なくてた

まらない。しのぶのペニスも再び上を向き、絶頂という天国への入口を探している。

「ああ、もう……っ、どうにか、して……っ」

小さく腰を揺らしてねだる。男は苛立たしいというよりたまらないといった様子で、チッと舌を打った。

「あんまり煽んな。……壊されてえのか」

男は乳首から手を離し、再びしのぶの両脚を抱えると、腰を動かすことに集中し始めた。内壁をぐちゃぐちゃと掻き回されて、身体は大きな熱に呑まれていく。とろけるなんて生易(なまやさ)しいものじゃない――まるで淫楽の炎で焼かれているようだった。

「あ、あ、い、いっちゃいます……っ、もう……っ」

「は、……どうやってイクんだ？」

ほら、と囁かれ、前立腺に亀頭をぶちあてられる。

「やあっ！　おっ……お尻……、お尻、ぐちゃぐちゃに、されて……っ、いっちゃいます……っ」

頭の中を悦楽一色に染められながら放った言葉に、男の動きが止まった。

「……くそ、可愛(かわい)い」

そう呟いてしのぶの顎を掴むなり、後ろを向かせる。潤む視界に飛び込んできたのは、魅惑的なあの唇で――それで下唇を食まれた瞬間、色んなものが感極まり、しのぶは達していた。

「ん……っ」

間を置かず、腹の中に入っていたものがどくんと脈動し、薄い膜越しに熱が広がるのを感じた。男が射精している。しかもそれはどれだけ出すのかと思うほど長く続いた。

「……ふぅ。よかったぜ、あんた」

腹を満たされた獣のように、満足げな顔をしながら、男が開いたままのしのぶの唇をぺろりと舐める。性器が引き抜かれ、男が身支度(みじたく)を整え始めても、しのぶはなにも考えられず、指一本動かせない状態だった。そんな様子にため息を落とした男が、しのぶの後始末に加え、服も着せてくれる。

「なあ、あんたさ……」

熱の引かない身体でぼんやりと便座に座っていると、男がなにか言いかけた。そのとき、携帯電話の着信音が鳴り響いた。男の言葉は打ち消され、しのぶはびくっとして、ぼんやりしていた意識を覚醒させた。

「チッ、なんだよこんなときに」

鳴っているのは男の携帯らしい。男はジャケットのポケットからそれを取り出すと、荒い口調で話し出した。

(い、今しかない)

しのぶは男の隙をつくようにして鞄を拾い上げると、ドアに飛びつき鍵を開け、外へと飛び出した。

「あっ……おい、待て！」

待てと言われて待つやつはいない。

後ろめたい事情があるなら、なおさら。

腰が怠(だる)いなんてことを気にする余裕もなく、男が呼び止める声を背中に受けながら、しのぶは全速力でその場を離れた。

（なんでこんなことになっちゃったんだよ……！）

泣きたい思いに駆られながら、それでもしのぶの頭の中は、あの新屋さまそっくりの魅惑の唇で占められていた。


数時間後。

しのぶはどうにか帰り着いた自宅アパートのベッドの上で、屍(しかばね)のように倒れていた。あちこち痛む身体に鞭(むち)を打ち、なんとか風呂に入ってパジャマに着替えたが、そうしてやるべきことをやってしまうと、落ち込みがずうんとのしかかってくる。

「……俺の、はじめて……」

童貞喪失——正確には、処女喪失だが。

まさか駅のトイレで捨てることになるなんて。それも行きずりの男相手に。

「厄日だ……」

とはいえ、その厄を招いたのは自分の唇フェチの迷走によるものなのだから、あの男にすべての責任をなすりつけてはいけない気がする。それになにより許せないのは、いやだの駄目だの言いながら、最終的には感じまくってあんあん喘ぎまくっていた、自分なのだ。

（し、信じられない）

自分の中にあんないやらしい一面があっただなんて。数時間前の出来事を反芻し、カーッと赤面してしまう。今もまだ眼裏には男の唇が焼きついているし、尻には男の極太の一物が挟まっている気がするのだ。

「……って、なに考えてるんだ」

これではまるで新しい世界に目覚めてしまったようではないか——。

忘れよう。気分転換でもして。こういうときこそ新屋さまだ。

しのぶはベッドから起き上がると、そばにある小さなローテーブルの前に腰を下ろし、その上に置いてあるノートパソコンの電源を入れた。八畳1DKのこざっぱりとした洋室の壁には、新屋さまの特大ポスターが貼ってあり、今もいつでもまばゆい笑顔でしのぶを見守っている。

（俺にはやっぱりあなたしかいません、新屋さま）

ポスターの新屋さまに向かって悟りを開いた菩薩のような微笑みを向け、しのぶは趣味の一つである新屋さまの動画漁り(あさ)を始めた。レアな映像が次々と出てくる、インターネット動画は宝庫である。恍惚の面持ちで動画に見入っていたしのぶは、ふと、あるリンク先を示す文字に目を留めた。

「あなたにおすすめの類似動画……」

検索に使用したワード、見ている動画から、関連するべつの動画を自動的に勧めてくれるネットならではのサービスだ。『しんや』でキーワード検索したしのぶにも、まだ見たことがない新屋さまのお宝映像を、勧めてくれているに違いない。そんな軽い気持ちでクリックした。

『あんっ！』

とたん、モニタから男の媚(こ)びたような声が放たれ、硬直する。

爽やかで清らかな新屋さまが映っていた画面が突如、閑散とした学校の教室風景に切り替わる。それは丸みの少ない筋肉質な尻に、モザイクがかけられた男性器を打ちつける、衝撃の肌色映像から始まった。

『だめぇ、先生、誰か来ちゃう……！』

『心配しなくても、みんなもう帰ってるだろう。それに、私……いや、俺にこうしてほしくて、一人で待ってたんじゃないのか？　ん？』

こうして、と笑いながら、デスクの上で大開脚している学ラン姿の青年に、パンッと大きな音が立つほど凶暴化したペニスを突き入れている、スーツ姿の男。その顔がアップで映し出された瞬間、しのぶは「あっ」と声をあげていた。

「この人……っ」

見覚えがあるなんてものじゃない。記憶にも肉体にも、大きな爪跡を残していった、あの初体験泥棒ではないか。

「こ、これって……ゲイAV……？　な、なんで……」

動揺しながら、オラオラあんあんしている映像ウィンドウの下にある、動画説明に目をやった。そこにはこう書かれていた。

『ゲイAV界の帝王、心矢（しんや）の極太ペニスで昇天間違いなし！　言葉で身体で、野獣系教師に攻められる、究極の濃厚スクール・ラブ・エロス！　激エロ汁だくダイジェスト版』

口に出すのも躊躇（ためら）われる淫語のオンパレードだ。しかし、それより動揺させられたのは、

「心矢……？」

新屋さまと同じ読み方の、AV男優の名前——。

しのぶのマウスを握る手はふるふると震えていた。

新屋さまと呼び、大好きだと、大ファンだと告げた、駅での一幕がよみがえる。あのときは混乱してよく考えられなかったが、男はしのぶの告白に、違和感を示してはいなかった。暇潰しと称してトイレに連れ込んだあとは、しのぶの好意を詳しく知りたがり、果ては男の——心矢の商売道具、ペニスへキスをさせた。

（だからか……）

あのときの男の反応にも、何度も口にしていたAVという単語にも、やたら同性を攻め慣れていた言動にも――ようやく納得がいった。あの男は、プロのゲイAV男優だったのだ。

しかも、閲覧数が万単位となっている動画説明の下には、動画を見た人のコメントがずらりと並んでおり、その数も千を超えている。ざっと見ただけでも、『ゲイAV界ナンバーワンのタチ役男優』だの、『さすが超売れっ子、イイ顔と身体してるわー』だの、『マジ神ペニス。これぞ神器。男でも濡れる』だの、好意的意見が多い。

それらをしのぶはまったく理解できないものの、この心矢という男優が、ゲイAVという業界では相当な人気と地位を誇っていることだけはわかった。驚き、納得と続いて、そのファンと最初から最後まで思い込まれていた自分に落ち込んだ。どうしてこんな、新屋さまとは大違いの男のファンなはずがあろう。

『おまえのためだけの補習授業だ。この教鞭を、もっとふるってほしいなら……淫らに腰を振って、俺を愉しませてくれるな？』

しかしだ。ものすごい台詞をすらすらと紡ぐ唇は、唇だけは――やっぱり珠玉のもので、フェチ心を疼かせずにはいられない。それはもはや反射、病気とも言えた。

（こんな唇をしてるほうが悪いんだ……。こんな……くち、びる……）

責任転嫁しつつも、メガネの奥の瞳はうっとり、潤んでしまっている。妙に落ち着かない気分にもなってきた。肌が火照り、息が上がって、汗の玉が浮き、身体の芯がぞくぞくと震える。

（やばい、思い出してきた……）

この唇にキスされたり身体中に触れられたりした淫靡な記憶が、下半身にきている。まずい。そう思ったとき、

『好きなんだろう？　俺の――コレが』

手で立派な性器を扱きながら、心矢が赤い舌でちろっと唇を舐めるのを見て、しのぶの股間が完全に反応を示し、パジャマのズボンを盛り上げた。

「はう……っ」

どうやら自分はこの仕草――色気たっぷりの舌なめずりに、たまらなく弱いらしい。あのときもそうだったし、今もまた同じだ。

「好き……」

目は勝手に心矢の唇に吸い寄せられるし、ビデオの中の台詞にうっとりと答えを返し、しまいには無意識にズボンの中に手を忍び入れてしまう。すでに下着の中で窮屈そうに形を変えていた性器に、そっと指を絡めると、甘い愉悦が背筋を這い上がった。

『激しくされたいか？』

「んっ……され、たい、です……」

いやらしい台詞を紡ぐ心矢の唇を見ながら、性器を握った手を動かし始めると、先走りがじ

わりと下着を濡らした。どこをどんなふうにされたいか、心が従順に身体を動かす。マウスから離れた手は、おずおずと自分の唇に伸び、初めてのキスを思い出すようにそっと触れて撫でた。

「ふう……うん……っ」

無意識に開いていった口に、指を二本差し入れる。これも心矢にされたことを辿る動きだとは、そのときのしのぶは考えつきもしなかった。

ただ欲望に突き動かされるまま、唾液の絡んだ指でくちゅくちゅと口内を掻き混ぜて、粘膜を指先で擦る。快感がとろとろと下半身まで伝い落ち、握った性器がぴくぴくと跳ねて悦んだ。

『なにが気持ちいいんだ？』

先生のおっきなペニス、と受役の男優は甲高い声で喘いだ。しのぶの頭の中で、ペニスの激しい出し入れが、唇と口内を犯す己の指の動きと重なっていく。

『イケよ……俺が見てる前で、とろけた顔してイってみせろ。ほら……っ』

「ひ……んっ、あぅ、うぅ……んっ！」

心矢の台詞が引き金になったように、しのぶの性器からは白濁液が溢れた。

荒い息を繰り返すうち、しのぶは我に返り、カーッと赤くなった。あの男とのことを忘れるどころか、オカズに使い、いやらしい遊びに耽ってしまった。心地良さが去ったあとにやってくるのは、途方もない自己嫌悪だ。

「なにやってるんだよ、俺……」

自分で自分がわからない。そんな情けなさと悲しさから、しのぶはその場にがばりと突っ伏した。

今ばかりはポスターの新屋さまの視線も、針のように痛く感じた。


「つ、疲れた……」

翌日の午後十時。しのぶはぐったりとした顔で会社の戸締まりを終えると、帰路につくべく、駅に向かってのろのろと歩き出した。

金曜の夜ということもあり、会社のある路地から大通りに出ると、街の喧噪がまばゆいネオンの光の間をぬって聞こえてくる。呑んで騒いで笑ってまた呑んで、まったく楽しそうでなによりだ。身も心も疲れ切っている自分とは大違いだと思ってしまうしのぶの恨めしい気持ちは、やや黒ずんだ目の下に表れていた。

今朝起きたら、昨日のことは夢だった……なんてことにはなっておらず、それどころか『神器』を晒した心矢に追い回されるという悪夢にうなされ、よく眠れなかった。おかげで仕事は捗らず、一人で残業するはめになってしまった。

しのぶの勤める小さな不動産会社『福ふく不動産』は、従業員がしのぶを含めて二人しかいないため、仕事の分担や持ち越しは難しい。店内接客に物件案内に事務作業——その他にも、それぞれやることがたくさんあって、迷惑をかけるわけにはいかない。だからしのぶも、どうにかこうにか今日のぶんのノルマを終わらせた今、早く家に帰って休むことだけを考えていた。

しかし、駅の改札をくぐろうとしたとき、覚えのある声に足が止まった。

「おい」

まさか……と思い、こわごわと顔を動かす。

「おっせえよ。どれだけ待ったと思ってんだ」

腕組みプラス仁王(におう)立ちで、威圧感を撒き散らしている男——心矢と目が合い、ひっと悲鳴が漏れた。

どうして。どうしてこんなところに、この男が——!?。

脳裏に昨日の悪夢がよみがえり、しのぶは反射的に逃げの姿勢をとっていた。くるりと心矢に背を向け、走り出す。

(に、逃げなきゃ)

「おい、待て……どこ行く!」

あなたがいないところに決まってるでしょうと心の中で叫びながら、今きた道を急いで引き返した。さいわい会社は駅から遠くない。大通りを左に曲がり、細めの路地に入ってすぐ、小さなビルの一階部分にある。辿り着いた先で鍵をガチャガチャと開けて中へ逃げ込もうとすると、締まりかけたドアの縁に長い指がかけられた。

「待てって……言ってんだろうが！」

あっさり追いつかれた――。

青ざめるしのぶの目の前に、男が「これ！」と言って、指の間に挟んだなにかを差し出す。

「あんたのだろ。昨日落としてった」

「え……？　あ。俺の社員証……」

見覚えのあるそれに、しのぶは目を瞬(またた)かせた。ネームプレート代わりのもので、今朝スーツに付けようと思ったら見当たらなかったのだ。てっきり家に置いてきたのだろうかと思っていたが、昨日、駅で落としていたとは。

「これをわざわざ……届けに？」

「そうだよ」

事情を呑み込むと、しのぶはドアから手を離して、勢いよく頭を下げた。

「す、すみません！　俺ってばそうとも知らないで、とんだ失礼を……」

「……ま、昨日の今日だし。あんたが逃げたくなるのも、わかるっつーか……当然ではあるんだけどよ」

軽いため息のあと、心矢は小声で呟いた。

「てか、失礼っていうなら、俺のほうがよっぽど……」

「え？」

「……なんでもない」

気まずさを振り切るように社員証を押しつけられ、戸惑いつつもしのぶはそれを受け取った。

「あ、ありがとうございます……」

しのぶの行動に気分を害してはいないようで、とりあえずはよかったが、心矢は勝手なのか親切なのか、なにがなんだかよくわからない。

すると、心矢が自分の横をすり抜けて室内へ入ってきた。

「へえ、ここがあんたの仕事場か。せめーな、意外と」

内部をきょろきょろと眺め、感想を述べる心矢に、しのぶは慌てて駆け寄った。

「だ、駄目ですよ！　勝手に入っちゃ……っ」

今日の戸締まりを任されているのはしのぶなので、他の社員が戻ってくるとは考えにくいが、もしもということもある。終業後にこんな男を会社の中に引き入れて、なにをやっているんだなんて訊かれたらまずい。それはもう色々と。

「あの、困ります、本当に……」

「なんだよ、つれねぇな。昨日はあれだけナカヨクしてくれたのに」

言い方も内容も、やたら色っぽい囁きを、耳元に唇を寄せられて落とされた。しのぶの顔が火を噴く勢いで赤くなったのを見て、心矢がからかう。

「なに今さら照れてんだ。告ってきたのはあんただし、トイレであんあん鳴いてイキまくったのも忘れてないだろ？」

「そ、それは……っ」

「ああそっか。そっけないふりして、俺の気を引こうとしてるんだったな」

「なっ……」

　意地悪な物言い。やはり親切だなんて思ったのは間違いで、ただ自分をからかいにきただけじゃないか。警戒心が、しのぶを胡乱（うろん）な目にさせた。

「……あなた、俺をどうしたいんですか」

「どうしたいもこうしたいも、届け物があったから何時間も――あ」

　明らかにしまったという表情になった心矢に、「何時間？」としのぶは突っ込んで訊き返す。

　心矢はぶすっとした顔で、言い訳めいた言葉を連ねた。

「……言っておくけど、ずっとあそこで待ってたんじゃないからな。あんたの仕事が終わる時間を予測して、駅前のメシ屋で時間潰して」

「でも、俺、残業でしたし。……それでもずっと待ってたんですか？」

「……なきゃ困るもんかと思ったんだよ。捨てるのも後味悪いし。俺が直接職場に持って行くのも、あんた的に体裁（ていさい）悪いだろ」

　白状するように呟く心矢に、しのぶは目を見張った。意外に常識的な考えをしている。人は見かけによらないとはこのことだ。

「……優しいんですね」

「あほか。……やめろ」

心矢の耳がさっと赤くなり、視線を逸らして後頭部を掻く。照れを誤魔化しているのだろうか。人のことをあれこれ言うのは余裕のくせして、逆になると恥ずかしがったり戸惑ったりするなんて——まるで子どものようだ。

(……ちょっとだけ、可愛いかも)

そういえばこの男は自分より年下だっただろうか。昨夜、事故のような流れで見てしまった出演作の動画と一緒にあったプロフィールには、しのぶより六つ年下の二十二歳と書かれていた。

演技も普段も傲岸不遜——ありていに言えばえらそうなのだが、今目の前にいる心矢は、年齢相応の青年に見えた。

しかしだ。

「じゃあ、優しい俺に、礼をしなきゃだよな?」

あっという間にいつもの調子を取り戻した心矢ににやりと笑みを向けられ、顔をしかめる。自ら礼を要求してくるなんて、優しいと思ったのは早計だったようだ。が、心矢の言うことも一理ある。

「ええと……すみません。お金は、今あまり持ち合わせがなくて」

「違う。金なんていらない」

きっぱりと断られ、しのぶはいよいよ戸惑いを深めた。じゃあ、彼が望む礼とはいったいなんなのだろう？

「俺があんたに会いにきたのは……届け物の他に、もう一つ、理由があるんだよ」

そう言って、心矢が一歩、歩み寄ってくる。ブーツの踵(かかと)がカツンと床にあたる。その音がやけに大きく響いて聞こえた。

「……確かめたいことがある」

道路に面した窓に引かれたロールカーテンの僅(わず)かな隙間から、街明かりがこぼれている。電気のついていない室内で、その光と、まっすぐにしのぶを見据(みす)える心矢の瞳だけが、煌々(こうこう)と輝いて見えた。

「あんた、俺のファンって言ったよな」

しのぶはぎくりと身を強張らせた。

言いましたけど、それは人違いでした。唇の魔法が発動して抱かれもしましたが、あそこまで感じて乱れたのは、その新屋さまに似た唇のせいです。……なんてことは言えるはずがない。

心矢を怒らせるのが恐ろしく、しのぶは貝のように口を閉ざしたが、その態度は肯定と取られたらしい。だったら、と心矢が続けた。

「俺の出てるＡＶ観て、いつもどんなふうに抜いてんのか――今ここで見せてくれよ」

しのぶは呆けたように口を開けた。それはつまり……自慰（じい）をしてみせろというのか。理解すると同時に、混乱という名の棍棒（こんぼう）で、頭をぶん殴られた気分になった。

「む、無理ですそんな！」

「したことないとは言わねーだろ」

「それは……」

「図星だろうが」

しのぶの反応に確信を得て、心矢が唇の片端を持ち上げて笑う。言葉ではなく視線で、いやらしいやつと責められている気持ちになり、しのぶはかあっと赤くなった顔を背けた。

「そ、そんなこと、できるわけないじゃないですか……！」

「できない、じゃなくて」

逞しい腕に背後からぐいっと抱き寄せられ、耳元に唇を寄せられる。

「――やるんだよ」

命令というよりは、俺の言うことに従うのは決まりきったことだろとでも言いたげな――ぞくぞくするような低くて艶めいた声。

どきりとするしのぶの顎を、長い指がすくい上げた。獲物を前にした獣のように、舌で赤い唇を舐める様が目に飛び込んでくる。

（それ、駄目……っ）

条件反射のように、心臓とそれから下半身が、大きく脈動した。その変化にめざとく気づいた心矢がふっと微笑む。

「なんだ、もう勃たせてるじゃねえか。こんなんじゃ帰れないだろ。なあ？」

「あ……っ」

「気持ちよくなりたいだろ」

大きな手にズボンの上からやわやわと性器を揉まれ、唇で耳殻を挟んでくいくいと引っ張られ、しのぶの思考はあっという間にとろけていった。

（……気持ちよく、なりたい。してほしい。その、唇で……）

まるで催眠術にかかったように、ぼんやりと衣服に手をかける。スーツにネクタイ、シャツに下着と、次々と足元に脱ぎ落としていくと、暗がりでもうっすらと発光しているようなしのぶの白い肌が露出され、心矢が眩しげに目を細めた。

「こっち」

手を引かれて導かれたのは接客用のカウンターテーブルで、しのぶはその上に座るよう促された。向き合う形で心矢は客用の椅子にゆったりと腰かけ、瞳を煌めかせた。

「俺はここで見てるから。……始めろ」

まるでストリップショーだ――けれどしのぶの身体は勝手に開いていった。そろそろと膝を外側に向かってずらすと、半分勃ち上がりかけていたピンク色の性器が、ぷるんとしなりながら姿を現す。

「絶景だな」

弾む心矢の声を聞きながら、しのぶはほっそりとした手に見合う性器に指を絡め、緩やかに擦り始めた。

「は、ん……っ」

睫毛を震わせ瞳を閉じ、快感を追う一方、意識の片隅でふと思う。

――こんな自分の姿を見て、彼はなにが愉しいのだろう。

美しくもない顔と身体だ。目の保養にも、暇潰しの余興にもならないと、自分が一番よくわかっている。しのぶをこんなふうにさせて、彼が確かめたいこととはいったい、なんなのか。

「なんか余計なこと考えてんだろ」

少し苛立ったような声が、しのぶを思考の底からすくい上げた。はっと目を開くと、いつの間にか立ち上がっていた心矢の顔が思いのほかすぐそばにあった。

「今あんたが考えるのは、俺のことだろうが」

「んうっ」

仕置きだと言わんばかりに唇に歯を立てられるが、痛みさえ快感に変わり、その証拠に手の中の性器が硬度を増してひくんと揺れた。

もっとその唇で攻めてほしい。感じさせてほしい。余計な考えが塵になる代わりに、渇望がどんどんと湧いてくる。

性器を愛撫するのとはべつの手を、物欲しげに開いている唇に伸ばし、撫でたり引っ張りしたあとは、身体へと滑らせていく。

(ここもたっぷり、可愛がってほしい)

すでにぷっくりと膨らんでいたピンクの乳輪の中心を、指で摘んでくりくりと転がすと、あまりの心地よさに、鼻から甘い息が抜けた。

「あ……っ、ああ、いい……もっとして、ほし……っ」

そばにある心矢の唇を見つめ、空想の中の悦楽に酔い、しのぶは乱れに乱れた。激しく擦られる性器の先端が開き、とぷっ、とぷんっ、と蜜が溢れる。あと少しでイケる、そう感じたとき――。

「……くそ」

ふと耳に入ったうつろな声に、しのぶの手の動きが止まった。

「……やっぱりこいつで勃っちまう」

心矢は眉間に皺を刻みながら、どこか切羽詰まったような調子で呟いた。その手は下腹部を押さえており、しのぶはつられて視線を下ろした。

「な……っ」

ジーンズに包まれた心矢の股間は、中になにか仕込んでいるんじゃないかと疑うほどに盛り上がっている。

「な……っ、な、な、なんであなたが勃たせてるんですか……!?」

目にしたもののインパクトが凄すぎて、おかげで甘い気分はどこかへ行ってしまった。知るか、と心矢が吐き捨てる。

「あんたのせいだろ」

「お……俺？」

「昨日といい今日といい……あんたが反則的にエロいから、ぐっときちまうんだろうが。……くそ」

よくわからないことを呟いて、心矢はしのぶに覆い被さるなりキスを求めた。遠慮など初めからない。すぐさま舌を突っ込んで、吐息の一つ、唾液の一滴さえ逃そうとしない執拗さで、口内を貪り尽くす。

「あふ……ぁっ……」

「……やっぱあんた、スイッチ入ると変わるな。……たまんなくなる」

唇を離したあと、唾液の糸を舌で絡め取りながら、心矢が囁いた。自慰の途中で動きが止まっていたしのぶの手の上から、自分の手を重ね、可憐なペニスを扱きだす。

「あっ……ん」

腰がとろけそうな甘い愉悦にしのぶは喘いだ。触れているのは自分の手でも、操っているのは心矢の手だ。それだけで快感の度合いがまるで違う――。どこをどうされるかわからない怖さもあるのだが、それは言い換えれば、どれほどの高みへ連れていってもらえるかわからない期待にもなる。

心矢のコントロールにより数度扱かれただけで、しのぶのそれはクチュクチュとあられもない音を響かせるほど、大量の蜜を溢れさせた。一度遠ざかった絶頂が、再び近づいてくる。

「あっ、あっ……」

膝を立てた状態でカウンターテーブルの縁に引っかけた足の指が、小刻みに震えている。そういえば、上も下も素っ裸なのに、靴下だけはいている格好は間抜けだな……と今さらなことを、頭の隅で考えた。

「あんたの肌、そんじょそこらの女よりよほど、きめ細かくて白いのな。そんで、ここ……なにこのピンク。どう考えても、男誘ってんだろ」

褒めているのか責めているのか、よくわからない口調で、心矢は胸の上でぷつんと尖っている乳首を舐めた。

「あん！」

びくん、と背をしならせる。熱い舌が通ったあとの、唾液でひやりと濡れた感覚――妄想の中で受けた愛撫とは比べものにならない気持ちよさだ。恍惚と噛み締めていると、そのままゆっくりとカウンターテーブルの上に押し倒された。

「それにその声。業界のネコ役にもいねーよ、そんな下半身にダイレクトにくる甘い声出すやつ……」

味わうように言いながら、心矢は空(あ)いたほうの手で、しのぶの胸の肉を寄せた。太ってはいないが筋肉がほとんどないせいで、そこはやわらかく、なだらかな丘を描いている。てっぺんで震えているのは、舐められて少し赤みを増した乳首だ。心矢は薄い胸を揉み立てながら、乳頭の僅(わず)かな陥没(かんぼつ)部分に舌先を差し込み、くりくりと転がした。

「ああ……んっ、それ……っ」

(乳首、気持ちいい……っ)

なんと甘美な快感か。喘いだ口の端から、つうっと唾液がこぼれた。それを目で追おうとすると、胸元に顔を伏せた心矢と視線がぶつかる。心矢はまるで見せつけるかのように、その唇を大きく開くと、ふっくらした乳輪ごと乳首を口に含み、きつく吸い上げた。

「あああぁぁっ……!」

熱く、そして激しすぎる悦楽が下半身に伝わり、ビクンビクンと腰が跳ねる。イった、絶対イった――そう思ったのに、性器の根元を心矢の手に握られて、大きな波は再び身体の中へと戻ってきてしまう。しのぶは半泣きで訴えた。

「もう、くるし……っ、乳首、駄目です、いやです……っ」

「感じすぎて？」

喉の奥で笑いながら、心矢が唾液まみれになった乳首を噛んで、尖らせた舌先で小刻みになぶる。いや、だめぇ、と駄々(だだ)っ子のように、しのぶは首を横に振り続けた。

「だったら、こっちだな」

心矢の唇が乳首から離れる。ほっとしたのも束の間、だらしなく開いていた脚の間に顔を伏せるなり、心矢はぱくりとしのぶの性器を咥(くわ)え込んだ。

「ひ」

それは、感覚以上に刺激が強すぎる光景だった。あの唇が、はしたなく勃ち上がりどろどろに濡れた自分の陰茎(いんけい)を、咥えて舐めて、吸い上げている——。

「だ、め……っ！　離し……っ」

羞恥(しゅうち)とも嫌悪(けんお)とも言い難(がた)い激しい感情に、カッと顔が熱くなる。離してほしいのはその唇だったのに、射精を塞(ふさ)ぎとめていた手のほうを解かれてしまい、とたん切ない感覚でいっぱいだった下半身が一気に解放されたのを感じた。

しのぶはがくがくと腰を震わせながら射精していた。あまりに深く感じすぎて、声さえ出なかった。

「あっ……ぅ……」

すべてを出し終わり、ぼうっとしているしのぶの耳に、ゴクンと喉を鳴らす音が聞こえる。

はっとして心矢を見ると、あの美しい唇が、白濁とした液体で濡れていた。……まさか。

「の……飲んだんですか……？」

「飲んだ」

あっさりすぎるほどあっさりと言われ、頭が爆発するかと思った。

「し、信じられない、なんてこと……っ、今すぐ吐き出してください！」

まさか心矢がそんなことをするとは思わなかったが、それよりなにより、新屋さまじゃなくても同じくらい称賛に値する唇を、自分の精で汚してしまったことが我慢ならなかった。顔色を変えて頼み込んでいるこちらの気も知らず、心矢はというと、

「出すぜ。出すけど。こっちでな」

ジーンズの前を寛げ、取り出した肉棒を手で扱きたてながら悠然と答える。違うのに……、どこまでも意志の疎通ができない相手に泣きたくなる。

しのぶは起き上がると、脇にあったティッシュボックスから数枚のティッシュを抜き取って、心矢の唇を拭った。

「はい、ぺっ、してください。ぺーっ」

「あんたはオカンか。――萎えるから、やめろ」

しのぶは至って真面目なのに、口をへの字にした心矢にティッシュを奪われ、丸めてゴミ箱に投げ入れられてしまう。

「それより、いいから挿れさせろよ」

「え……」

肩を押され、再びカウンターテーブルの上に転がされる。心矢はうざったそうにスタジャンを脱ぎ捨て、薄手のカットソー姿になると、ジーンズの後ろポケットからゴムを取り出し、自分のものに被せた。手際がよすぎて流れるような一連の動作を、しのぶは見ているしかできなかった。

「限界なんだよ、俺も」

両脚を抱え上げられ、会陰部を肉棒でぬるぬると擦られる。

「あうっ……あ……な、なんでですか？　自慰だけ、って……」

「気が変わった」

「そんな……で、でも」

「でも、なに？　あんたは俺が好きなんだ……だったら躊躇う必要ないだろ」

本当は欲しいくせに、コレが。

揶揄する口調で言いながら、雄々しく聳え立つペニスの先端で蕾を撫でて刺激したあと、ずぐずぐと中へと入ってくる。

「あ……あう……っ」

「やわらかいな。……昨日したばっかりだから」

熱い息を吐いた心矢の言うとおり、しのぶのそこは慣らされてもいないのに、ゆっくりとだが心矢の大きなペニスのすべてを呑み込んだ。たった一度のセックスで、淫乱な身体に変えられてしまった証拠のような気がして、恥ずかしくてたまらない。

「う、嘘でしょう……っ、こんなところで……」

「いつ人が来るとも知れない場所のほうが燃えるんだろ？　最初からすげえ……食い締めてくるし」

くいくい、と弱い奥を突かれ、あんあん、としのぶは喘いだ。昨日感じた場所を、身体がすっかり覚えてしまっている。

「あんた、オフィスものとか教師モノとか、背徳的なシチュエーションAV、好きそうだよな。真面目そうなやつに限って、そういう見られたい欲求が強いんだって」

なにを勝手な想像を、とは言えなかった。昨日ちらと観た心矢の出演作が、まさしくその教師モノであったから、観ていたのがバレたのかと思った。反射的に心臓が縮まったが、まずいことに、後孔まで縮めてしまった。もちろん、それは都合良く――いや悪く、勘違いされる。

「ほら、図星だ。だったらそういうふうに抱いてやろうか？」

言うなりしのぶの身体を折り曲げるようにして深く覆い被さってきて、ぱんぱんと強く腰を打ちつけ始めた。

「あ、ああんっ！　なんですか、いきなり、強すぎ……っ、やあっ」

「お、いいな、その反応。素直じゃない生徒って感じで。だったら俺は教師役だな。極太の教鞭をたっぷりふるって、あんたをイイ子にしてやるよ」

昨日観たAVを彷彿とさせる発言に、カッと脳が煮え立つ。屈辱的なはずなのに、しかし身体は誤魔化しようがなく、快楽を得ている。その証に『教鞭』をふるわれるたび、男の味を覚えた媚肉は悦んで、もっと硬くしてもっと抉ってと、きゅうきゅうと中のものを締め付け催促するのだ。

「ん、んぁ……っ、……へ、変なこと言わないでください……っ」

ガタガタとカウンターテーブルが揺れ、上に置かれていたペン立てや卓上カレンダーといった物が振動で床に落ちる。

「違うだろ。先生の、すごい、気持ちいい、だろ？」

ほら、と膨らんだ前立腺を、硬い性器の先端で捏ねくり回され、強がりもどこへやら、しのぶは「あああっ」と大きな声で喘いだ。目の前で火花が散って見えるくらい、感じて感じて、たまらない。まるで快楽のマグマが体内にあるようだ。

「きも、ち……いっ……で……す」

「誰の？」

「……っ」

「ほら、誰の」

前立腺をきつくいじめられながら、乳首をきゅうと引っ張られ、いやあ、と泣き叫ぶ。

「せ……先生、の……」

「なにが？」

「おっきな……」

「うん？」

愉しげな笑みを浮かべる唇――だけじゃない、中を掻き乱しているものにも確かに感じさせられている。そのことをここまできて、否定できやしない。襲い来る愉悦には勝てない。

「……ぺ……ペニス……っ」

「いい子だ」

硬いものを欲しがってあさましいほど収縮を繰り返す奥に、息も止まるほどの強さで肉棒の先が埋まり、しのぶは凄烈な悦楽に身体を躍らせた。

そしてそれは終わりではなく、始まりにすぎなかったのだ。

誰もいないオフィスで、二人は散々、ＡＶじみたセックスに耽った。

猥雑さを極めた行為が終わったあと、しのぶは我に返り、秘密の場所での激しい行為を物語る痕跡の隠滅に必死になって動いた。

「……やっぱあんたいいな」

ふいの心矢の言葉に顔を上げたのは、ちょうど精液が飛び散ったカウンターテーブルを拭いているときだった。

「え？　……いい？」

「クソ真面目なナリでセックスになると人が変わったようにエロくなるのが、おもしれぇし、可愛い。気に入った」

「は」

「喜べよ。――あんたを、俺のにしてやる」

（俺の、って……？）

言葉の意味を計りかね、放心しているしのぶのスーツのポケットから、心矢は携帯電話を抜き取った。勝手に連絡先を交換してから投げ寄こす。

「いいか。俺が呼んだらすぐに来いよ」

あんたは俺のなんだから、そうして当たり前――そんな最終宣告付きで、だ。

気に入った。

俺のにしてやる。

あの言葉はいったい、どういう意味か。

心矢と別れ、しのぶは自宅に向かう電車の中で、鬱々（うつうつ）と考えていた。

（それに……俺ってば、結局昨日の二の舞になっちゃって……）

あの魔性の唇と、今さらなにもかも誤解だと言い出せない自分の弱気さが憎い――。

落ち込みに縮まる身体を座席のシートに預けながら、しのぶは手の中にある携帯電話を見つめた。ああは言われたが、あんな男の連絡先なんて、拒否リストに入れてしまおうか。

そんな考えがちらと過りはしたが、すぐに駄目だ、と頭を振った。そんなことをしたってたぶん意味なんかない。相手はしのぶの名前も会社も知っているのだ、行動範囲内で今日みたく待ち伏せされれば、しのぶには逃げようもない。

（八方塞がりだ……）

頭を悩ませていたそのとき、マナーモードにしていた携帯がブルブルッと振動した。

「わわっ」

画面を見ると新着メール一件とあり、送信者は先ほど別れたばかりの心矢だった。

『件名：今夜のオカズ』

本文はない。代わりに、一枚の添付写真があった。

「い、いつの間にこんな写真……！」

写真は、会社のカウンターテーブルの上で、自慰に耽っているしのぶの大変あられもない姿を写した一枚だった。怒りと羞恥に全身の血が沸騰する。

――すぐけしてください。

わなわなと震える手でメールを打つと、返事はすぐに返ってきた。

『ヤダ。俺のもあんたに送ってやろうか？』

しのぶは気が遠くなった。

――いりません。

泣きたい思いというのが、文面から伝わらないのがもどかしい。しのぶは絵文字も顔文字も使わない。そして心矢みたく、こんなに返信スピードも速くない。

『素直じゃないな、上の口は――下の口と違って』

心矢がしのぶをからかうときの、あの微笑みが瞬時に脳裏に浮かんできて、ここに本人もいないのに赤くなって慌てふためいてしまう。

「もう……っ！」

駄目だ――あの男から逃げるなんてできるはずもなく、なにをやったって敵（かな）いそうにない。誤解は解けないし、話はろくに通じないし、身体は陥落させられてしまうし、メールですらこの調子だ。

追い詰められたしのぶはもはや、獰猛（どうもう）な肉食蜘蛛（ぐも）の巣にかかった小蠅（こばえ）の気分だった。

（こんなふうにからかったりして……。本当に、なんであの人、俺なんか気に入ったって言うんだろ……）

自分よりもよほど顔も身体もいい相手を、仕事でいくらでも抱いている、セックスには不自由ないであろう男が——仕事抜きにしたって、あの容姿ならもてるだろうし、どんな相手でも選び放題だろう男が。二度も自分を抱いて、挙句気に入ったと言い、これからも関係を持とうとする意図がさっぱりわからない。

（美食家が、たまにはゲテモノ食いしてみたくなるようなものなのかな……？　一回目も二回目も、勃起したとき、なんだか妙な顔してたし……）

ゲテモノ相手に勃起する自分を受け入れがたかったということだろうか。それでも、さっきの帰り際の清々しげな態度から見るに、吹っ切ったのかもしれない。ゲテモノでも食えるうちは楽しんでおこうと。

（……だったらすぐに飽きるよな）

一時の気まぐれのようなものだ。しのぶは希望を持ったが、自分で自分をゲテモノと呼んで納得してしまっていることに、同時に空しくもなったのだった。

別の日、しのぶは会社の管理物件の一つである、とある古びた木造二階建てアパートを訪れていた。一階の一室に住む男性から、『隣のAVの音漏れがひどいんだよ！　なんとかしてくれ！』と苦情が入り、実状の確認と、その対処をしにきたのだ。

仕事でもAVなんて、勘弁してほしい。心の底からそう思うものの、仕事である以上、無視も逃げもできない。仕事でなくてもできないが。

しのぶは薄い肩を落としつつ、音漏れがひどいという、問題の部屋のチャイムを押した。一度、二度——三度。が、応答はない。留守だろうかと思いつつ、中に向かって「あの、ごめんください。福ふく不動産の者ですが」と声をかけてみる。すると、ガチャッとドアが開いた。

「あら、ごめんなさい。チャイム聞こえなかったわ」

濁(にご)り気味の太い声、なのに語尾にお花が飛んでいそうな、緊張感のない口調。中から出てきたのは、やたらピチピチのタンクトップとパンツで身を包んだ、マッチョな大男だった。細い目の上に濃く描かれたアイラインと、独創的な刈(か)り上げヘアー。ヘヴィーな見た目を裏切り、所作や言葉遣いがやけに女らしく、しのぶは一瞬固まった。これはいわゆる、そっち系の方だろうか。

「なにか用かしら？　家賃の滞納はしてないはずだけど」

真っ赤なネイルを塗った指を、ひげのそり残しがある青い顎にあてながら、マッチョな女男——茂森(しげもり)が言う。しのぶはファーストインパクトから立ち直ると、いいえ、と答えた。

「いつもありがとうございます。家賃のお支払いについては、問題ないのですが……。ですが、あの」

『ああんっ、そこ、そこぉっ！』

茂森の巨体の向こう側から、爆音に近いレベルで、いかがわしい声があがった。しのぶは頬の筋肉をヒクッと痙攣させた。なるほど、これは——木造の薄い壁では、隣の部屋にも丸聞こえだろう。しかも男の喘ぎ声ときては、大抵の男なら、耳を塞ぐのと一緒に頭も抱えたくなるはずだ。

しのぶは意を決し、用件を伝えた。

「テレビの音量が、やけに大きいようですが……。内容も内容ですので、他の部屋にお住まいの方から、苦情が入っておりまして」

「あら、そうなの？」

指摘されたところで、茂森はまったく意に介していないふうだ。ハートが強いというか、心臓に剛毛が生えていそうなタイプだ。

「そ、それでですね。苦情が入った以上、こちらとしてもなにか手立てをしないと……その、音量を下げていただくか、ヘッドフォンを使用していただくか、考えて下さいませんか？」

「いやよ、そんなの！　ヘッドフォンは鬱陶しいし——なにより心矢のＡＶは、爆音で聞いてこそ、盛り上がるってもんじゃないの！」

「し——心矢？」

だからそんな提案など願い下げとばかりに力説する茂森の口から飛び出した、聞き覚えのあるその名に、しのぶの声はひっくり返った。

「そうよ。あんたも見ればわかるわ。ちょっと来て！」

「えっ、あの……っ」

茂森に腕を摑まれ、部屋の中に引き入れられる。問答無用にテレビのある居間まで引っ張っていかれて、しのぶはやっぱり、と呻きの表情で天を仰いだ。

『診察室で素っ裸になって俺を誘うなんて、この変態看護師が。俺のこの、極太注射がそんなに欲しかったのか？』

こんなところまできて、あの男に悩まされることになろうとは――。

テレビの中の心矢は、白衣姿だった。どうやら医者モノらしい。台詞回しも腰遣いも、本性が滲みでているとしか思えない、堂に入った演技を見せている。

「ご覧なさいよ、いい男でしょ、いい身体でしょ、いいペニスでしょ！　見てるだけで、色んなところが昂ぶってくるってもんじゃない」

茂森は熱弁し、はあん、私も一度でいいから心矢とセックスしたい、と夢見る乙女ポーズで続ける。ご覧もなにも、本人を知っていて、エッチまでしたことがあるとは口が裂けても言えない。

「言っとくけどね、心矢の魅力は顔や身体だけじゃないんだから。――帝王と呼ばれるまでになった、演者としての存在感！　トップに君臨しながらも、いつでもファン目線でいてくれて、自分から企画を打ち出したり丁寧なファンレターの返事もくれたりする、出来た人間性！　こんなどこもかしこも完璧なＡＶ男優なんてそうそういないわよ、ねっ」

「は、はあ」

茂森の物凄い気迫に、しのぶがほとほと弱り果てていたところ、救いの神ともいうべきタイミングで携帯電話が鳴った。

「か、会社からだと思います。ちょっとすみません」

どうにか茂森の手から逃れることができたしのぶは、玄関に小走りに移動しながら電話を繋いだ。

「はい、鈴木で……」

『よお』

真後ろのＡＶと同じその声に、さーっと血の気が引いていく。

「あの……人違いです」

『はあ？　なに言ってんだ。鈴木って今、名乗っただろ』

そうだった、としのぶは呻いて額に手をやった。

「す、すみませんけど、今仕事中で……忙しくて。だから、もう切り」

『へーえ、俺のＡＶ見るのに忙しいわけだ』

声聞こえてるぜ、とにやにやした口調で言われ、しのぶははっとなって爆音でＡＶを垂れ流しているテレビのほうを振り返った。

（――茂森さん！）

どうにかＡＶを止めてもらえるよう、茂森に必死のアイコンタクトを送る。茂森は目をぱちくりさせたあと、口の動きだけで『わかったわ！』と言って、再生プレーヤーからディスクを取り出した。それだけでよかったのに、なにやらゴソゴソしたあと、振り向きざま、これでＯＫよ、と親指を突き上げてくる。と同時に、テレビからは再び爆音で、今度は極道モノＡＶ――もちろん心矢が出ているものが垂れ流される。

（し、茂森さんーっ！）

全然、ＯＫではなかった。

『好きだなー、あんたも』

俺のことが、と電話口でけらけら笑う声を聞きながら、しのぶはがっくりと項垂れた。

『そんなの見る余裕あるなら、今日、大丈夫だな』

「え……？　今日って」

戸惑うしのぶに、心矢は時間と場所を指定して伝えてくる。今夜、しのぶにそこへ来いというのだ。

「そんな。いきなり言われても」

『絶対来いよ。じゃあな』

「あっ、ちょ……！」

返事もしないうちに、通話はプツリと切られてしまった。本当に人の話を聞かない人だと、すでに繋がっていない携帯電話に向かって、ささくれだった念を送らずにはいられなかった。

『約束を破ったら、どうなるか……わかってんだろうなァ？』

テレビの中の――極道を演じている心矢の台詞が、もろにしのぶの弱い心に突き刺さる。

（わかってるよ……破ったら地獄、破らなくても地獄だって……）

もはや悟りを開いたような気持ちで、しのぶは途方に暮れたのだった。


心矢の電話を受けたあと――ヘッドフォンを使ったほうが生々しい音まで拾えますよという説得方法で、どうにか茂森の心を変えることに成功したしのぶは、仕事を終えた夜八時、心矢に指定された場所にやってきた。

駅から十五分ほど歩いたところにある、これといった変哲もない細めの五階建てビルの前で、心矢は待っていた。しのぶの顔を見るなり「こっちだ」と言い、背を向け歩き出す。

「あの……ここ、いったいなんですか？」

入口を抜けてすぐ、小さな郵便受けと階段、奥まった場所にはエレベーターがあった。一般のマンションに見えるが、郵便受けには各階にある企業の名前が書かれている。それにしてはなんというか存在感がなく、まるで普通の住宅を隠れ蓑にしているようだ。

「来ればわかる。あんたが楽しめるとこだぜ」

狭いエレベーターに乗り込むと、心矢は五階のボタンを押しながら、歌うように言った。そうは言うが正直、楽しむどころか不安が深まるほかない状況だ。

五階に着くと、開けた空間は一階と同様に狭く、ドアは一つしかなかった。そのドアを開けて中へと入る心矢の後を、リーチの差を気にしながら小走りになって続く。

中は広い一室で薄暗かった。窓はあるが、布かなにかで塞がれているようだ。中には数人の人がおり、話し声や、動き回る音がしていた。その人たちは、カメラや照明といった機械のチェックをしていたり、空間の奥に設(しつら)えられた、一般的な内装の寝室に見えるセットを整えたりしていた。どうやらスタジオのようだ。

心矢が入ってくると、全員「おつかれっす!」と元気よく挨拶(あいさつ)した。おう、と答えながら、心矢は現場の全体が見やすく、かつ邪魔にならない場所に移動する。しのぶもおずおずと後に従った。

そろそろ撮影はいりまーす、というスタッフらしき男性の声がスタジオに響いた。にわかに緊張感が増していく雰囲気を肌で感じながら、しのぶは隣で腕組みをして立っている心矢に小声で訊ねた。

「……いったい、なにが始まるんですか?」

「ゲイAVの撮影」

「ゲ……っ」

ぎょっとしたしのぶに、壁に凭れかかりながら心矢がにやりと笑いかける。

「俺は出ないやつだけどな。今日は見学だけさせてもらえるよう、頼んだんだ。あんたが喜ぶかと思って」

「よ……っ」

余計なお世話ですと赤く染まった顔で言う前に、撮影は始まってしまった。

しかもいきなりのエッチシーンからである。バスローブに身を包んだ男性二人が、濃厚なキスを交わしながら、互いのものを手で扱きたてている。床にバスローブを落とすと、今度はベッドの上でのシックスナイン、バックからの挿入と続いた。

新手の拷問かこれは、としのぶは思った。他人の生々しい行為を、これほど近くで実際に見るなんて経験は今までなかったし、できれば一生遠慮したかった。男優たちは、よくこんな人の目がある中で、本来ならば秘めた行為を堂々とできるものだ。見ているほうが恥ずかしいし、居心地が悪い。

ひっきりなしに響きわたる男優たちの嬌声に、真っ赤になって身を縮め、心矢を睨みつける。どうせ困っているしのぶを見て、にやにやと意地の悪い笑いを浮かべているのだろう――そうとばかり思ったのだが。

(あれ……意外に真面目……)

心矢は真剣そのものといった表情で、撮影を見ることに集中していた。仕事をしているときの男の顔、とでもいうのだろうか。

「心矢さーん！　ちょっといいですか」

カットがかかると、撮影スタッフが心矢のもとへ飛んでくる。カメラチェックをお願いしたいというのだ。心矢はそれに応えると、的確な意見と指示を述べて、スタッフに「さすが心矢さん」と感謝されていた。スタッフだけでなく、男優のほうも心矢に演技アドバイスを求めてやってくる。それにも心矢は時に厳しく、時に優しく対応し、「だから心矢さんって大好き！」と感謝され、抱きつかれていた。

「わかったわかった」

鬱陶しそうに男優の頭を押し返す、けれども仕事仲間への親愛が垣間見える優しいその表情を見て、しのぶはどきりとした。

こんな顔もするのか——と。

心矢の新たな一面を知るとともに、少し、反省もした。ゲイAV男優という仕事についてよく知りもしないのに、浮ついているとか汚らわしいとか……偏見を持っていた気がする。正直、仕事という観念さえなかったかもしれない。

けれど、いらぬお世話という形ではあったけれど、ここでこうしてAV撮影の裏側を、それに対する心矢の姿勢を見ることで、意識は変わった。変わらざるをえなかった。

（そうだよね……。どんな仕事にだって、やりがいや誇りはあるよね……）

そんなこともわからなかったなんて、社会人をもう何年もやっている身として情けない。そして、この男にそれを教えられたというのが、なんとも複雑な気持ちだった。

（こんなふうに、この人が情熱を向ける場の向こう側には……茂森さんみたいな、ファンがいるんだよなぁ……）

心矢に陶酔していた茂森の様子を思い出す。心矢の出演作品に寄せられていた、ファンの熱烈な言葉の数々も。

ゲイAVという世界はしのぶにとっては遠すぎて、すべてを理解し、まるごと受け入れることは、まだできそうにない。けれど、不特定多数の誰かを喜ばせられ、愛されるというのは、単純にすごいなと思えた。

（帝王か。どんな世界でもナンバーワンをとれるっていうのは、すごいことだよな。実力がなきゃ、できないだろうし……）

それに、世間だけでなく現場でも支持を得ているというのは、人望が厚い証拠でもある。

（俺を振り回すような人だけど……悪い人では、ないのかなあ）

「さっきから現場じゃなくて、俺のことばっか見てるな。俺はそんなにイイ男か？」

「はい」

なにも考えずそんな言葉が口から滑り出て、しのぶは自分で驚いてしまった。からかったつもりだったのだろう心矢のほうも、目を丸くしている。

「い、一般論ですよ。特別な意味は、その、なくてですね。心矢さん、皆さんに頼りにされてるから……すごいなって」

「……ま、四年もやってりゃな」

心矢が視線を前に移す。休憩を挟んで再開された撮影は、心矢の指摘を受けて、撮り直しをすることになったシーンからだった。

「この業界じゃ、そこそこの中堅だ。現場じゃ、スタッフも演者も俺より経験が浅いのが多くなってくる。頼られてるっていうか、いいように使われてるんじゃねーの」

「……いやじゃないんですか？」

「どういう意味だ？」

それは、としのぶは口ごもった。この質問も、偏見がもとになっている気がして、口から出したことをすぐに後悔する。

「いえ……なんでもないです」

首を横に振ると、心矢はふーん、と言うだけで、とくに追及はしてこなかったので助かった。

「ていうか、ずっと思ってたんだけど。あんたっていくつ？」

「二十八、ですけど……」

「マジで⁉　見えねぇ……俺より六つも年上かよ。つか、なら敬語、やめれば？　なんかむず痒いし」

「えっ。だ、駄目ですか、俺の話し方」

「そうじゃないけど、なんで」

「え……と、話し方はもう、染みついたクセみたいなものなので……。人によって話し方を変えるとか、そんな難しいこと、できませんし……」

人付き合いが極端に下手なしのぶは、相手を問わず敬語を使うほうが楽なのだ。友達がいないことを暴露(ばくろ)しているようで恥ずかしい。心矢には信じられない、そんな顔をされた。

「変わってんな、やっぱりあんた」

ゲイAV男優に変人扱いされるとは。果てしなく遠い目になってしまい、心矢にくすりと笑われた。

「じゃあさ。俺に敬語一回使うたびに、罰ゲームな」

「な、なんです、それ。……って、ひうっ！」

しのぶが思わず出してしまった妙な声に、スタッフの何人かが迷惑そうに振り向いた。さいわい、マイクには拾われなかったらしいが、あやうく撮影の邪魔をするところだった。

「なにするんですか……！」

小声で隣の男を非難する。その手はしのぶの尻を掴み、わきわきと揉んでいた。

「ほら、また使った」

「つ、使わないとは言ってませんよ！」

「あー、また使った。これはもう罰ゲームじゃなくて、お仕置きレベルだな」

「お——お仕置き？」

「あんたもそろそろその気になってきた頃合いだろうし」

しのぶの耳元に唇を寄せ、「だから、エロい気分」と心矢は悪戯っぽく、色気たっぷりに囁いた。

「他人がヤってんの見てると、自分もしたくなるだろ？」

あけすけな言葉に、しのぶは思いきり赤面した。

「な、な、なりませんから……！」

誰かに見られたらと気が気でなく、その不埒な手を払おうとしたが、逆に自分の手をとられてしまい、心矢の股間に導かれた。手のひらにあたる、ごりっと硬い感触。——息を呑む。

「俺はもうこんなだけどな」

「嘘……っ」

「来いよ」

心矢はしのぶの手を引き、スタジオの隅まで移動した。そこにあるドアを開け、しのぶを中へ押し込み、自分も後に続く。小道具や衣装類が乱雑に置かれていて、狭い倉庫といった感じだ。

明かりとりの小さな窓。そこからこぼれる外の光が、心矢のギラついた瞳を暗闇の中に浮かび上がらせていて、しのぶはごくり、と息を呑んだ。

「ま、まさか、ここで……するんですか……？」

「ここでするのと、あっちに参加して４Ｐでするのと、どっちがいい？」

「それ、ずるいです……っ、うン……っ」

選択肢になっていないと反論をあげかけた唇は、心矢の身勝手なキスに塞がれてしまう。身勝手でもなんでも、そうされるとしのぶはあっけなく、身体の内側から劣情の炎を呼び起こされ、なにも考えられなくなってしまうのだ。

――今夜もまた、この男の『気まぐれ』が始まる。始まったら気が済むまで、いいようにされるしかない。

（けど、面白いってだけで抱いてるなら、すぐに飽きるさ……）

心矢には敵わないと諦めつつも、じきにこの関係は終わると確信している。だから無駄な抵抗をするより、ただその日を待てばいいと――しのぶは自分に言い聞かせた。


しかし、しのぶの予想に反し、心矢の気まぐれがなくなる気配はなかった。

定期的にしのぶを呼び出しては、セックスをする。ホテルのときもあれば、心矢のマンションのときもあり、時間はないけどしたいと、外でも人目につかない場所で性急に求められることもあった。仕事ではあんなに余裕のあるセックスをする男が、しのぶにはいつも即物的だったのが謎でもあり——なぜだか不思議と優越感を感じることでもあった。

そしてしのぶはといえば、いやだの駄目だの言いながらも、毎度のごとく濃密な交わりに溺れてしまう。

心矢さんの唇が、新屋さまに似すぎてるから。

あの告白は違うんだと、今さら言い出せないから。

彼が怖くて逆らえないから。

仕方なく、仕方なくなんだ……。

そう思うことは、心矢に抱かれて気持ちよくなってしまう自分への、もはやお決まりの言い訳のようになっていた。


その日も仕事帰りに呼び出され、しのぶは心矢のマンションで一夜を過ごした。

情事の余韻が残るキングサイズのベッドの上では、心矢が穏やかな寝息を立てて眠っている。

しのぶはその隣に裸体にシーツを巻きつけた姿で横たわり、ほう、と恍惚の息を吐いた。

呼吸に合わせて微かに動く心矢の唇。やっぱり、何度眺めても飽き足らないくらい素敵だ。

けれどもよくよく見ると、新屋さまとは違う部分もあるのだと気づく。別人なのだから、当たり前かもしれないが。

（心矢さんのほうが、ほんの少し厚みがあって、色味も強いかな……）

その違いも魅力と感じる。ついでに乾燥によるカサつきも発見してしまい、気になってそろそろと指を伸ばすと、突然手首を掴まれて心臓が縮まった。

「ひゃっ！　び、び、びっくりした……。起きてたんですか？」

「んー……今起きた……」

くあ、と欠伸をして心矢が乱れた髪を掻き上げる。

「……てか、なんでベッドでメガネ？」

セックスの最中は外していたメガネのことを指摘され、ぎくりとする。まさかこっそり唇を堪能していたとは言えず、目を泳がせているうち、心矢の手にメガネを外された。

「俺の前ではこうしてろ」

心矢はベッドサイドの小テーブルにメガネを置いて、しのぶが身体に巻きつけていたシーツを剝ぎ、その細身の上に覆いかぶさった。引き締まった厚い胸板を、すり、としのぶの肌に滑らす。

「……なんでしょう、この体勢は」

「あんたが触ってくるから。二回目の催促かなと」

「さ、催促なんてしてませんし、それに二回目どころじゃな……っ、ん、んぅ」

いらぬ言葉など封じてしまえとばかりに、ねっとりとしたキスを贈られる。唇をたっぷりと吸い上げたあと、なあ、と心矢が囁いた。

「明日、休みだろ。出かけるぞ」

「ん……、出かける……一緒に、ですか？」

ぱちくりと瞬くしのぶに、心矢は「当たり前だろ」と言った。一方的に呼び出されることはあっても、事前に約束をして一緒に出かけるなんて初めてのことで、全然当たり前じゃない。

「なんでまた、いきなり……」

「いきなりでもない。俺もあんたも、不定休だからな。休みがかぶるの待ってたんだ」

「でも、どこへ……？」

「それは明日のお楽しみってやつだろ」

心矢が企みを匂わせて笑う。その唇はしのぶの胸元に下りてきて、なぶられすぎて赤く腫れた乳首をついばみ、吸って、舌の上で転がした。

「お楽しみって……あ、あん……っ」

――それは本当に、自分にとっても楽しいことなんだろうか。また裏があったりしないだろうか。

しのぶは不安を覗かせたが、すぐに甘い快楽の波に攫われ、なにも考えられなくなってしまった。

次の日、正午になる少し前にマンションを出たしのぶと心矢は、都心に向かう電車に乗った。結局、行き先は教えてもらえずじまいだ。

(……本当に、いつも、なに考えてるんだろう)

ドアのそばに心矢と並んで立って、じっとその整った横顔を見つめる。心矢は黙って車窓の向こうの流れる景色を見ていて、その瞳の奥の感情を読み取ることはできない。

しのぶは昨日家に帰っていないので、くたびれたスーツ姿のままだが、心矢はいつもの雰囲気とは少し違っていた。薄いブルーのシャツに、アイビーのテーラードジャケットを羽織り、細身のパンツで長い脚をより引き立たせている。スーツほどかちっとしているわけではないが、品良くきれいにまとめられていて、今日の彼はAV男優というより、洗練されたモデルのようだ。

車内にいる女性がちらほら、心矢に熱い視線を送り、「ねえ、あの人、格好いいよね」などと会話を交わしている声が耳に入る。当然本人にも聞こえているはずだが、まったく気にしていない様子だ。見られることに慣れているのだろう。

「……心矢さん、今日はなんだかいつもと感じが違いますね」

「そうか?」

「はい。いつもはもっとラフな感じで……」

「ああ……ま、今日はな。あんたがスーツだから」

淡々と答える心矢に、しのぶは目を丸くした。

……俺がスーツだから？

それはつまり、一緒に街中を歩いていても、浮かないための配慮……というやつだろうか。たぶん、しのぶのほうが。

（そんなこと考えてくれてたんだ……）

やはり心矢は、細かなところで気が回るというか、気遣いの男だ。普段は――おもにセックスのときは、あんなに身勝手なのに。こういうとき、どんな反応をしていいのか、しのぶは困ってしまう。まるで大切に思われているようだと、勘違いしそうになる。

落ち着きなく視線を彷徨（さまよ）わせていたところで、電車が駅に停車した。

目的地を知らないしのぶは、ここで降りるのだろうかと心矢を窺ったが、開いた逆側のドアのほうを一瞥（いちべつ）もしないあたり、どうやら違うらしい。

しのぶはふっと車窓の外へと視線を移した。線路沿いに、心臓を鷲（わし）掴みされるようなものを発見する。じき公開となる新屋さまの主演映画の、巨大広告看板だ。新屋さまの顔が、唇が、でかでかと写されている。

（うわあ……っ！　そういえば今日からの掲示って、公式サイトに情報出てたっけ）

虫のようにドアに張り付き、目をきらきらと輝かせる。どうしよう。写真を撮りたい。無理に決まっているけれど、あの看板に頬ずりしてキスしたい。荒い鼻息で車窓が曇るほど興奮していると、心矢が不思議そうに訊ねてきた。

「なにしてんだ?」

……しまった、と硬直する。この男の前で新屋さまの唇に現を抜かすなんて。

秘密がばれたらいけないという危機感や、近頃薄れかけていた後ろめたい気持ちが、冷や汗とともにじわっと浮かんでくる。

「え、映画」

しのぶは咄嗟に口走っていた。

「あの映画、面白そうだなあって思って……それで、あの、気になって見てただけです」

「ふぅん」

つまらなさそうに相槌を打つ心矢を見て、あれ——もしかしたら今、誤魔化すよりもこれまでのことを弁解するチャンスだったのでは? と思ってしまう。

心矢の考えていることは今でもよくわからないが、見た目どおりの男でないことは、何度か会ううちにわかってきた。こう見えて、意外に紳士的な部分も——ときたまだけれど、ある。

落とし物を届けにきてくれたとき、しのぶ側の体裁を気にして会社の外で待っていたことも、しのぶに合わせた今日の服装についてもそうだし、あとはセックスの後始末はいつも丁寧にやってくれたりとか。あんたは寝てろと言いつつ、風呂場まで抱いて運び、身体と一緒に髪まで洗って乾かしてくれるのだ。

（……あれ？　ときたまっていうか、結構そう、なのかも……）

再び動き出した電車に揺られながら、しのぶはじっと心矢を見つめた。初めて会ったときと比べ、今の自分は、どんなふうにこの男を見ているだろう。

最初のうちこそ強引さが際立ったが、いつごろからか――しのぶのことを気に入ったと言い出したあたりからだろうか。当たりが弱くなったというか、しのぶに対し、やわらかくなってきた気がする。

それは受け入れるといったほうが正しいのかもしれない。心矢の仕事仲間に対する態度を見たことがあるが、彼は基本的に、自分が認めた人間――懐（ふところ）に入れた人間には優しいのだろう。

そしてなぜか、しのぶもその内に入れてもらえているようだ。仕事仲間でもなければ、友人でも、まして恋人でもない。彼の中のなににカテゴライズされるのかわからないけれど。出会ったときより確実に、『許されている』――そんな気がしていた。

大きな恐怖を感じなくなった今の心矢になら、言えるのかもしれない。

「なんだよ、物言いたげな顔して」

「……いえ、なんでも……」

けれどしのぶは結局、浮かんだ考えに目を瞑（つぶ）り、うやむやにしてしまった。

「それより……唇、荒れてますよ？　昨日から気になってたんです。これからの季節、とくに乾燥しますからね。大事にしてください、唇は」

ポケットからリップクリームを取り出し、背伸びをして心矢の唇にせっせと塗る。

「ほんっと、変なやつだな。身体じゃなくて唇かよ、大事にするのは。それにまた、あんたはオカンかって」

心矢は笑いながら、されるがままでいてくれる。その笑顔を見ていると、胸が針で刺されたようにツキンと痛んだ。

（――あれ。なんだろ、これ……）

しのぶは胸を押さえたが、疑問の答えはいまだ、深い場所にあった。


心矢は都心部の駅で電車を降りた。しのぶが後をついていくと、駅前に立ち並ぶファッションビルの一つに彼は入っていった。エレベーターに乗って上階へ。心矢が足を止めたのは、オーダースーツ専門店の前だ。高級感溢れる雰囲気に、しのぶがぽかんとしていると、心矢が意外な申し出をしてきた。

「初めのとき、駅でさ。あんたのスーツ、汚しちまっただろ。だから代わりに新しいの買ってやる」

「えっ」

しのぶは驚いて声をひっくり返したが、その反応はスルーされた。心矢はこちらへと歩いてきた穏やかそうな年配の男性店員に向かって声をかけた。

「あ、こっちにフルオーダーでスーツを」

「ええっ!?」

躊躇の一つも見せない心矢にまたまた驚いて、しのぶはぶんぶんと首を横に振った。

「い、いいですそんな！　あの、本当に、気持ちだけで」

「それじゃ俺の気がおさまらない」

「ええ……っ。で、でも、汚れたっていっても、安い吊るしのやつですから、フルオーダーなんて大袈裟です……っ」

「はぁ？　あんたなぁ……。自分のサイズに合ったものじゃないから、そんなくたびれた印象になるんだよ。スーツなんてとくに、シルエットが大事だろ。いいから、頭からつま先まできっちり測ってもらって、ちゃんとしたやつ作ってこい。値段は気にしなくていい」

そうは言われても、太っ腹な台詞に手放しで喜べるほど、しのぶは気が大きくない。

簡単には頷けずにいたら、ため息をついた心矢に「なら、イージーオーダーならいいだろ」と妥協案を示された。イージーオーダーでも充分高いのだが、どう考えても身の丈に合わないフルオーダーに比べれば、心理的に幾分マシではあるので——結果、それに落ち着いた。

しのぶはお洒落（しゃれ）のことなどてんでわからないから、スーツ選びはほとんどテーラーと心矢に任せきりだった。というか、しのぶが意見を訊かれて答えると、「どうしてあんたはそう、影がさらに薄くなりそうな色ばっかり選ぶんだ。スーツもシャツもネクタイも、全身淡い色とか、ガキっぽく見えるうえにだせぇだろ」と駄目だしされ、採寸を受けること以外ではとくに役に立てることがなくなった。

　心矢は自分のものでもないのに、真剣にしのぶのスーツを選んでくれた。生地（きじ）に始まり、裏地やボタンなどのディテールに至るまで。こいつの顔なら、こいつの体型なら……と、ぶつぶつ言いながらサンプルをあれこれ手に取る心矢は、見ていると新鮮味があり、なんだかおかしく、そして……胸の中がほくほくと、優しい熱でぬくもっていくようだった。

　一時間ほどかけて選んだスーツは、三週間後に出来上がるということだった。はじめはオーダースーツなんてと腰が引けていたしのぶだったが、店を出るころには出来上がりが楽しみになっていた。

「スーツが仕上がったら、まず俺に見せろよ」

「はい。……あの、ありがとうございました。こういうの、初めてで……なんだかワクワクしちゃいますね」

　照れくさいがやはり嬉しく、微笑みながら礼を言うと、心矢は少しびっくりしたように目を見開いた。

「そんな顔も……すんのな」

「え？」

「……なんでもない。……あー、つーかそれより今着てるものをどうにかしないとな。デートの雰囲気でねえし」

「デ……っ」

しのぶはかあっと赤くなった。デートというのは、好き合っている者同士が一緒に出かけてイチャイチャする行為のことをいうのではなかったか——？

（俺たちじゃ、当てはまらないよね？）

どぎまぎするしのぶの手を引いて、心矢が歩き出す。

「行くぞ」

「え、どこへ……」

答えが返ってくる前に、別フロアーにある、今度はカジュアルな服のショップに連れていかれた。

「あんたのことだから、どうせ家でも高校のときのジャージとか着てんだろ？」

なんで知っているんだろうということをずばりと突かれ、「ら、楽ですし、丈夫ですし、いいものですよジャージって！」と答えに喘ぐしのぶの手元に、心矢は店内を見て回って選別した何着かの服を落としていく。

「はいはい。ジャージ着て前髪ちょんまげに結って分厚いメガネかけてるイモくさいあんたの姿が目に見えるわ。ってことで、これな」

有無を言わさず服を持ったまま試着室に押し込まれ、しのぶは戸惑いながら心矢を振り返った。

「これって……俺が着るんですか？」

「どう見ても俺のサイズじゃないだろうが。あんたのに決まってる。そろそろ秋冬物がいるころだろ？　買ってやる」

「だ……駄目ですよ！」

しのぶはとんでもないとばかりに叫んだ。「なにが駄目なんだよ」と心矢にむっとされ、たじろぐ。

「だ、だって。今さっき、あんな高いスーツを買ってもらったばかりです。さらにだなんて、申し訳なくて受け取れません。……あの、俺の私服がみっともないっていうことなら、自分で買いますし」

心矢はふん、と鼻を鳴らした。しのぶの遠慮に対し、なんだそんなことかと言わんばかりに。

「俺があんたに着せたいって理由で選んでるんだ、俺に買わせろ。あともっと奥に詰めろ」

「え⁉　心矢さんも一緒に入るんですか⁉」

しのぶの肩をぐいぐいと押して自分も試着室へ入り、背後のカーテンを閉めた心矢が振り返り、飄々と言う。

「当たり前だろ。俺の完璧なコーディネートを、あんたがへんちくりんに着こなさないか、見張ってないと安心できない」

「だったら外で待っててくださいよ！」

「んな慌てなくても、店員と一緒に入る客だっているだろうが」

「それは着替え終わったあとのことで……って、心矢さんは店員じゃないでしょう！」

「うるせえなぁ。ぐだぐだ言ってると、俺の手で剝くぞ」

抑揚はないが、脅しともとれる発言に、しのぶはぐっと押し黙った。この男ならやりかねないから恐ろしい。それに、あまりこんな場所で騒いでいては周囲の目につく。逡巡の末、しのぶは折れた。

「な、なら、せめて後ろ向いててくださいね……っ」

心矢が唇の片端を持ち上げて笑う。

「なにを今さら。あんたの裸なんかもうとっくに――もが」

いったいなにを言いだすのか。しのぶは真っ赤になって、「シーッ！」と言いながらそのお喋りな口を手で覆った。そうされても、心矢の瞳はにやにやと笑んでいる。しのぶの手から逃れつつ、

「わかったって。ほら、これでいいですか？　お嬢様」

くるりと背を向ける仕草さえ、憎らしい。

「なにがお嬢様ですか……っ」

と言いつつ、これ以上の抵抗は無駄どころかトラブルの種になりかねないとわかっているので、しのぶは自分も心矢に背を向けて服を脱ぎ始めた。

男二人で一つの試着室に入っているなんて妙な感じだ。身動きできないほどではないものの、やはり狭く、背中合わせになった心矢の気配や温度を感じられる。動けば時おり腕や背中が触れ、どきどきした。意識を着替えに集中させようとするが、今度はべつのことが気になってしまう。

渡された服の値札を見てみると、仕立てもデザインもいいぶん、それなりにするのだ。けれど心矢は気にした様子もなさそうだった。スーツもオーダーが当たり前という感じだったし、彼自身が着ているものも質が良さそうだし、マンションも一人暮らしにしてはいいところに住んでいる。

(心矢さんて……どういう人なんだろ)

何度も会って、セックスをして、身勝手なだけじゃない彼の人となりについてもわかってきたつもりだったが、その実深いところはまだ知らない。しのぶと出会う前はどんな人生を歩み、今の彼になったのか――。心矢のことをもっと知りたいなと、しのぶは思った。

「あの……心矢さんはどうして、ゲイAV男優になったんですか」

店内には流行りの洋楽が流れているが、人に聞かれたくない内緒話という意識が働いて、しのぶは小声で訊ねていた。「え?」と背後から声があがる。

「あ、いえ。ごめんなさい。言いたくないことだったら、言わなくても……」

「べつに、そういうわけじゃねえけど。んー。聞いても面白くない話だぜ?」

立ち入ったことを訊いてしまったかと一瞬不安になった、しのぶの心の暗雲を払拭するような軽い調子で──しかし続いた心矢の言葉は、思いのほかディープなものだった。

「俺んちの親、離婚してんだ。母親の度重なる男遊びが原因で、父親が愛想尽かして出ていっちまってさ」

「……え」

「母親はそのあとも男をとっかえひっかえで、どうしようもなかったな。しまいには外人の恋人を作って、そいつと海外へ行ったきり、行方知れずになっちまっうし。帰ってもこなけりゃ連絡も取れなくなったのが──俺が十八のとき」

話の内容に、しのぶは呆然としてしまった。

「そんな。十八歳なんて……まだ親の庇護が必要なころじゃないですか……」

「ま、高校を出たあとで自立できない年齢じゃなかったし、むしろもう身勝手な親に振り回されずに済むってせいせいしたし、俺にとっちゃそう絶望的な状況でもなかったよ。でもなぁ……弟はべつ」

「弟さん……いらしたんですね」

「年の離れたのが一人な。そいつがさ……母親が蒸発したあと、病気で入院しちまって。――思えばこれが、俺がゲイAV男優になったきっかけだったな」

(病気の弟さんのため……)

静かに過去を振り返る心矢の声からは感情が読み取れない。けれどもきっと彼は、自分が受けた傷を隠すのが上手い人なんだろうと思った。

両親の離婚。母親の蒸発。幼い弟と二人きりの生活。そんな中、弟が病に倒れ、必要となる治療費のために、己を犠牲にし、ゲイAV男優の道を選んだ――。

そんな苦難の連続、激動の人生を送っていながら、心に一度も傷を負っていないなんて、ずっと笑って生きてきたなんて、思えない。けれど彼はそれを周囲に悟らせない人なのだ。現にしのぶは一度も、心矢の抱える闇に気づかなかった。

「弟がいた病室に、たまたま今の事務所の社長が骨折で入院しててさ。そんときスカウトされて……」

心矢の言葉が途切れる。しのぶは彼のほうを向いて、そのジャケットの裾を握りしめ、俯きがちに声を落とした。

「……俺、なんにも知らなかったです」

「そりゃ、言ってねえからな」

ははっと心矢が笑う。

「ごめんなさい」

「なんであんたが謝るんだよ」

「だって、心矢さんにそんなことを言わせて、つらい思いをさせました……っ」

「べつにつらいだなんて思ってねーよ」

振り向いた心矢の手が、ぽん、と頭の上に乗せられる。しのぶは泣きたくなった。自分のほうがそうなってどうする。励まされてどうする。つらいのも悲しいのも泣きたいのも、みんな心矢のほうに違いないのに。

「あの……っ」

「ん?」

「弟さん……どんな難しい病気で四年も入院されてるか知りませんけど、きっと、絶対、よくなります。お兄さんが……心矢さんが、自分のためにこんなにもお仕事頑張ってるんだって知ったら、なにがなんでも元気にならなきゃって、思うはずです」

心矢は黙り込んだ。

自分なんかの言葉が、ずっと年下なのに色んな苦労や深い経験をしている彼に響くとは思わないけれど、言わずにはいられない。

「俺、心矢さんのこと……応援してますから」

潤む瞳で見上げると、心矢は困惑した表情で固まっていた。

「……あの、どうかしました？」

「あ……いや。……ありがとな」

心矢はしのぶの頭から手を離すと、気を取り直すようにして笑った。

「それより——その服、いい感じじゃん。似合ってるから、それに決めようぜ」

ワインカラーのニットアウターに、ジャガードのロングTシャツ、チェック柄のチノパン。着替えたしのぶはこれが洒落た格好ということはわかっても、自分に似合っているかは、さっぱり自信がなかった。けれども心矢に褒めてもらい、気恥ずかしいながらも安堵して、「あ、ありがとうございます」と返す。

「でも……弟さんが大変なときに、俺のスーツや服を買うなんて……いいんでしょうか」

「……それは気にするな」

「でも」

「いいったら、いいって。せっかく可愛くなったんだから、素直に受け取っとけ」

「か、可愛いって……」

年上の、それも男に向かって言う台詞ではないと思うのに、しのぶはどうしてか、嬉しい、と感じた。

（ちょっと、変だ、俺……）

胸がどきどきする。顔が、身体が、熱い――。

「あとはこのダサメガネだよなぁ」

心矢が手を伸ばし、しのぶからメガネを外した。

「コンタクト持ってないんだっけ。買いにいく、か……」

しかし、しのぶの顔を見るなり動きを止め、黙り込んでしまう。しのぶは不思議に思い、まだ涙が残る瞳を瞬いた。

「あの……心矢さん？」

「……やっぱやめた」

「え？」

「あんたはダサメガネのままでいろ」

「な、なんでですか」

「……泣き顔がやべぇんだよ」

「や、やばい⁉」

まるでムンクの叫びのように、しのぶは両手を顔にあて、急いで鏡を見た。せっかく心矢の見立てでいい感じにしてもらったのに、それを台無しにするような『やばい顔』を自分がしていては意味がない。顔のあちこちにペタペタと手を這わせ、動揺するしのぶの後ろで、心矢がはあ、とため息を落とした。

「……そういう意味じゃねえっつの」

ファッションビルを出たあとは、通りにあるお洒落なカフェへと移動した。ウッドデッキが心地良い空気感を演出しているテラス席には、午後の穏やかな陽光が降り注いでいる。喉を通るアイスカフェオレが、外という開放感と相俟って、爽やかな気持ちにさせてくれた。

（……こういうの、本当にデートみたい）

ちらり、と向かい側に座る心矢を盗み見る。一緒に出かけて、買い物をして、お茶をして――まるで恋人同士の休日だ。

（な、なんて……）

乙女チックなことを考えてしまった自分が恥ずかしくなり、しのぶは赤くなった顔を伏せた。心矢が選んでくれた鮮やかな色のニットが視界に入り、こそばゆいような嬉しいような気持ちになる。

ここでも心矢は人目を引いており、ただ座ってコーヒーを飲んでいるだけで、他のテラス席の客や道行く人の視線を集めていた。心矢には威圧感があるが、それは言い換えれば存在感だ。さすが、ゲイAV界にデビューしてたった四年で、帝王と呼ばれるにまでなった人物ということだろうか。

そんなことを考えていたとき、心矢がぽつりと呟いた。

「……なあ。あんたはさ、俺が帝王じゃなくなったら……どう思う？」

一瞬、心の中を読まれたのかと思った。

「え……っ？」

「俺が帝王なんて呼ばれてんのは、商売道具のモノが、最強の武器だの伝家の宝刀だの言われて、絶倫の象徴みたく扱われてるせいだよ」

「は、はあ」

「じゃあ、もしもそれが、使い物にならなくなったりしたら？　あんたみたいなファンは、どう思うんだろうな。……俺そのものに価値がなくなったって、思われんのかな」

突然の――しかも度胆を抜くような言葉の内容に、しのぶは驚いた。からかっているのだろうか？　そんな考えが一瞬過りはしたが、すぐに違うとわかった。めずらしく覇気がなく、どこか遠い目を通りに向けている心矢からは、思い悩んだ様子が見て取れた。

「ずっと順調だった仕事だけどよ。正直言って、最近あんまり、うまくいってなくてな。それで色々……考えちまって」

「……そう、なんですか」

心矢がそんなふうに心の内を漏らすのも、鎧を外したような態度を見せるのも初めてのことだ。もしかして、さっき、プライベートな事情を打ち明けてくれたから――それで今まで見せなかった心の弱い部分まで、許してくれる気になったのだろうか。

(悩んでるのはかわいそうだけど……なんか、嬉しいかも)

心の距離が、一歩、また一歩と、近づいていっている——そんな気がして。すると自然と浮かんできたのは、心矢を元気づけてあげたい、笑顔にしてあげたい、そんな思いだった。

「……あ、あのっ」

しのぶは椅子から身を乗り出して、真剣な顔つきで心矢に向き合った。

「もし……もしも、そんなふうになったとしても……っ。大丈夫、です。心矢さんは、心矢さんです。なにが変わっても、一番大切なところは変わらないって、俺は……思うんです！」

懸命を通り越して、必死にまくしたてるしのぶに、心矢が気圧された様子でぽかんと口を開ける。

(つ、伝わらないかな)

そう思うと、しのぶはもどかしくてたまらなかった。自分はこういうとき、本当に使い物にならない。誰かに悩みを相談したり、されたり。そんな密な人間関係を今まで誰とも築いてこなかったから、気の利く言葉の一つも送ってやれない。そのことが情けない。

スーツを贈ってくれたり、私服を選んでくれたり、こんな自分を可愛いと言ってくれたり……。それ以外にも、振り返ってみれば色々と優しかった彼に、恩返しではないけれど、なにかしてあげたい。心を形にしたいのだ。

「心矢さんの価値って、商品……って意味だけじゃないと思います。人としても、優しいし、気遣いできるし、俺なんかよりずっと大人だし……。男としても立派で、羨ましいくらい格好いいし」

格好いいっていうのは、見た目だけじゃないですよ、と慌てて付け加える。

「内面の強さっていうか……苦労してるのに、恨み言めいたことも全然言わない、そういうところ。すごくえらいし、格好いいです。えっと、あと、それからですね」

「お、おい」

「心矢さんの素敵なところ、まだたくさんありますよ。仕事仲間には頼りにされてるし。弟さん想いだし。電車の中でも、みんな心矢さんのこと見てましたし。それにほら、ここのお店の人も、周りの人も、ずーっと見惚れてます！」

「……それ、関係あるか？　なんか話がずれてねぇ？」

「えっ、そうですか？　……そうかも。ん？　俺、なにをどこまで言いましたっけ……。えっと、でもあの、とにかく……、心矢さんは、どんなときだって誰が見たって、魅力的な人ですから！」

力説するあまり、顔がトマトのように真っ赤になってしまったしのぶを、心矢は啞然として見ている。

呆れられただろうか。

不安になっていたところで、笑い声が弾けた。

「……は。ははは っ……！」

髪を掻き上げ、目尻に涙が滲むほど、子どもみたいに無邪気に笑う心矢に目を奪われる。こんな顔は初めて見る。色んなものが払拭されたような清々しさ、明るさが溢れていて、眩しいくらいだ。

「なに言ってんだか、本当にもう……っ。あんたってどこまでズレてんだよ。俺が言ってるのは、そういう意味じゃなかったんだけど？」

え、としのぶは固まった。どうやら自分の必死の方向性は間違っていたらしく、羞恥に頬を染めながら、前のめりになっていた姿勢を正した。

「す、すみません……。今のは、あの、忘れてください……」

「忘れる？ やだね。……んな勿体ないことできるか」

やわらかく笑む心矢の瞳には、愛おしさと勘違いしてしまいそうになるほどの、優しさが滲んでいる。

「――俺は俺、ね。その言葉は……嬉しいからさ」

噛み締めるように呟くその顔を見て、しのぶの心臓はどきんと跳ねた。

好きだな、と思う。

こんなふうに屈託なく笑うところが。

人の話をろくに聞かず、思うがまま振る舞うように見えて、実はとても優しいところが。彼の魅力はきっと、こういう根っこの部分だ。身体の一部がどうかなど関係ない。そんなふうに思えるのは――。

（……心矢さんに、恋してるからなのか）

気づいてしまえば、生まれて初めて誰かに対して抱いた恋愛感情は、すんなり自分の中に染み込んだ。

思えば、一緒にいるとどきどきしたり、優しくされると嬉しくなったり、反対に彼に隠し事をしていることに胸が痛んだりしたのも、全部――この感情が原因だったのだ。

心矢のことが好き。大好き。

フェティシズム抜きで、彼に恋をしている。

「やっぱりいいな、あんた。そんなふうに飾らないとこ、いつも一生懸命にぶつかってくるとこ……俺の心に刺さる」

心矢はしのぶに向かって手を伸ばすと、小さな頭を優しく撫でて言った。

「あんたと初めて会ったときも……あの周りが全然見えてない告白、驚いたけど……同時に、嬉しくもあったんだよ。ああ、こんなにまっすぐに俺を想ってくれてるやつがいるのかって」

心矢の指の間から、さらりとしのぶの髪がこぼれ落ちる。次の瞬間、ぐっと頭を引き寄せられて、唇を奪われていた。往来からはメニューで自分たちの顔を隠しながら、けれどしっかりと舌まで差し込んで中を舐めていった策士の顔が、真っ赤になって震えるしのぶの目に映る。

「……もしかしたら、あのときからあんたに惹かれてたのかもな」

内緒話をするように、心矢は囁いた。

しのぶが呆然と返す。

「……嘘」

「嘘じゃない」

「か、からかってたんじゃ。気まぐれで、俺で遊んでたんじゃ」

「なんでそうなる」

「だ……だって俺みたいな、地味で冴えないの、好きになってもらえるわけないですし……っ」

「その地味で冴えないところも、俺に抱かれてるときは別人みたくエロくなるところも、好きなんだよ。――てか、一番好きなのは中身だし」

心に刺さることを言ってくれるのは心矢のほうだ。驚きと感激が一気にやってきて、しのぶの小さな胸が詰まる。

「鈍いあんたでもよくわかるよう、何度だって言ってやる。――好きだ、しのぶ。あんたに惚れてる、いや、溺れてる。何度抱いても抱き足りないし、何度キスしてもし足りない」

それは、熱烈な愛の告白だった。

「……俺の気持ち、嬉しくない、なんて言わないよな?」

いつでも自信満々の心矢らしくなく、少し不安そうに目元を覗き込みながら確かめてくるところに彼の本気を感じる。しのぶは頬を紅潮させたまま、小さく頷いた。心矢への気持ちを自覚したとたん、両思いとわかるなんて、まるで夢を見ているようだ。嬉しいに決まっている。

ほっと表情を緩めた心矢の手が、テーブルの上に置かれたしのぶの手に重なった。

「俺は本気だから。これからもあんたと一緒にいたい……そう思ってるから。――俺のそばに、いてくれるか?」

「……っ」

「返事は?」

「……っ、はい」

「俺のこと好きか?」

「……す、好き……です」

「よし」

満足そうに微笑んだ心矢は、包み込んでいたしのぶの手を裏返すと、手のひらに唇を押しつけた。口づけたままじっと注がれる視線には、はっきりとした愛欲の色が滲んでいる。

「……愛を確かめ合うには、言葉だけじゃ足りない。そう思うのは俺だけか?」

しのぶは真っ赤になりながら、ふるふると首を横に振って――心矢の微笑みをさらに深くさせたのだった。

再び心矢のマンションに戻ったあとは、愛を確かめ合うどころか、貪り合うようにして身体を重ねた。一度達しても、またすぐに次を求められ、しのぶは最後、気絶するようにして眠りに落ちてしまった。

そうして、どれくらい経ったころだろうか。

「ん……」

広いベッドの上でしのぶが目を覚ますと、そこに心矢の姿はなかった。

「……お風呂かな」

目を擦りながら起き上がると、いつの間にか身体がきれいになっていることに気がつく。そうしてくれる心矢の優しさに、愛情が伴っていると知った今は、思わず顔が緩んでしまう。

ベッドから下り、服に袖を通しながら、しのぶはある決意を固めた。

(心矢さんに、全部話そう)

ずっと解けずじまいだった誤解を解く。新屋さまのこと、唇フェチのこと……すべてを心矢に打ち明けようと。

怒るかもしれないし、呆れるかもしれないが、あんなストレートな愛をぶつけてくれた彼に、隠し事をしたままではいたくない。そう思ったのだ。

否応なしに緊張感を高めながら、寝室を出て明かりが漏れているリビングへと向かう。ドアノブに手をかけようとした寸前で、話し声が耳に入り、はっと動きを止めた。——心矢の他に、誰かいるようだ。

「ねぇねぇ、玄関に、明らかに心矢のじゃない靴あったけど。誰か来てるの？」

客人だろうか——男にしては少し高めの声が聞こえた。心矢との関係性も気になるが、自分に触れそうな話題にどきりとし、しのぶは耳をそばだてた。

「あ。もしかして弟？」

「違う。弟なら海外留学中だ」

（……え？）

「あー、そうだそうだ。そういえば聞いたことあったわ。アメリカの筋肉ムッキムキたちに混じってラグビーやってるんでしょ？　社長が言ってた」

あんの狸じじい、と心矢が悪態を吐く。

「いくら同じ事務所の俳優とはいえ、人のプライベートを勝手に漏らすんじゃねえっつの」

「まあまあ、いいじゃん」

「よくねえ」

二人はおそらく同僚なのだろう。それよりも、彼らの会話で気になったのは、心矢の弟が留学中ということだ。

（どういうこと……？　弟さんて、確か病気で、入院中で……だから心矢さんは治療費を稼ぐために、AV男優をやってるんじゃ……）

自分の知っていることと、彼らが話していることが、どうも嚙み合わない。しのぶの疑問をよそに、二人の会話は続いている。

「つーかおまえ、そんな話しにわざわざ来たのかよ」

「俺だってそんな暇じゃないよ。今日は社長に頼まれて、仕事の話をしに来たの。……心矢さぁ、腐るほどきてるオファー蹴って、いつまで仕事休んでるつもり？　勃起不全、治ったんでしょ。例のトイレちゃんのおかげで」

「それも社長から聞いたのか……。つか、トイレちゃん言うな」

「だってトイレちゃんだろ。何ヵ月も、誰相手にも勃たなかった心矢のペニスを見事復活させた、アッチの具合がすこぶるいい——トイレちゃん」

男が屈託なく笑う。

「素人のリーマンくんだっけ。よかったね、心矢。その子がいれば、またEDになっちゃう、なんてことはないだろうし。ほんと便利じゃない」

「おい、便利はねえだろ」

「でもさ、実際そうでしょ。最初にエッチしたあと、もう一度勃つか確かめるために、自分から会いにいったって聞いたよ。心矢がわざわざそこまでして、そのあとも関係が続いてるってことはさ、その子にメリット見出したんでしょ？」

　メリットっつーとアレだけど……と言い置き、心矢は続けた。

「まあ、あいつがいて助かるのは事実だな」

「ほら」

　男が明るく言う。

「これで心矢も心置きなく復帰できるじゃない。前にさ、この仕事は天職だって言ってたでしょ。だったら今の状況をもっと喜びなよ」

「おまえが来るまではわりと上機嫌だったんだけどな」

　あ、なにそれ、と男が笑い、心矢も笑う。

　二人の声は意識の向こうで、段々と遠いものになっていった。しのぶは青ざめた顔で震える手をドアノブから引き、胸の前で握りしめた。受けた衝撃は大きく、どくどくと痛いほどに、心臓が鳴っている。

（トイレちゃん、て……俺のことを言ってるの）

　話の流れからいって、それは疑う余地もない。心ない表現。都合のいい道具という意味。

　信じられないのは、それだけじゃなかった。

（勃起不全て……嘘だろ。あんなに俺のこと、抱いてたのに……）

　まさかと思う。セックスを売りにするＡＶ男優が、プライベートでもしのぶを頻繁(ひんぱん)に抱いていた男が――どうして勃起不全だなんて思えるだろう。

……いや。そうじゃないのか。

自分を抱いたことで勃起不全が治ったから、これは使えると、そのあとも抱いていたのか。

恋も愛も関係なく、ただ仕事に復帰したいがために。

しのぶのことなど、心矢は本当に、便利な道具――トイレ程度にしか考えていなかったというのか。

胸を熱くさせられた愛の言葉も、くすぐったいくらいの優しさも、打ち明けてくれた弟の話も。すべてがしのぶをそばに置くための――罠。

(なにもかも、嘘だった……?)

出会いこそああだったけれど、一緒にいる時間を重ねるうち、心の距離を縮めることができ、両思いになれたのだと思っていたのに。なにもかも自分の思い込みだった。騙されていたのだ――。

しのぶはぐっと唇を噛み、踵を返した。玄関から外へと飛び出していく。

「っ……う、うっ……」

嗚咽を漏らしながら、がむしゃらに走る。秋の夜、風は冷たく、涙の流れる頬や傷ついた心に染み入るようだ。

自分にだって隠し事をしていた後ろめたさはある。だから心矢を責める権利はない。わかってはいる。けれど。

（初めて人を好きになって……好きになってもらえたって……思ったのに……っ）

少しずつ育ち、今日ようやく花開いた気持ちを、無残に踏みにじられた思いだった。

胸が痛い。恋を失っただけで、こんなにも苦しくつらいものなのか。

時間を巻き戻せるなら、心矢と出会う前の、特別な喜びも苦しみもない平穏な日常に戻りたい。恋なんて知らないままの自分でいたい。

そう強く思い、しのぶは涙を流し続けた。


翌日。昼時間になり、しのぶは同僚に休憩に行ってくると伝えると、会社を出てとぼとぼと歩き出した。昨夜泣き明かしたせいで、瞼（まぶた）はいやに腫れぼったく、頭もどんよりとして重かった。

「しのぶ」

よく知る声が耳に届き、びくり、と足を止める。そうっと顔を上げると、人が行き交う歩道のガードレールに腰掛けていた心矢が、しのぶを見つけて立ち上がるところだった。

「あんたを待ってたんだ。ちょっといいか？」

歩み寄ってくる心矢の姿に胸が痛む。正直今は顔を見るのもつらい。けれど、この関係に決着をつけねばならないという思いから、しのぶはこくりと頷いた。

心矢がほっとした笑顔を見せ、近くの公園にしのぶを誘う。その態度も演技なのだと思うと、もう胸はときめかなかった。しらじらしい、そんなふうにさえ思う。

公園まで歩いて移動すると、心矢は寒くないかと言って、自動販売機で缶コーヒーを買い、しのぶに差し出した。

「なんで昨日、なにも言わずに帰ったんだよ。心配するだろ。電話にも出ないし、メールの返事もないし……」

缶コーヒーに手を伸ばさず、しのぶはぽつりと呟いた。

「……心配。便利な道具になにかあったり、いなくなられたら……困るからですか？」

「は？　なんの話……」

「昨日。……あなたが、男優仲間と話してたことです」

心矢は一瞬、不意を衝かれたように押し黙り、「……あの話、聞いてたのか？」と少しばつの悪そうな表情で言った。

「……弟さん、四年も病気で苦しんでるどころか、アメリカで元気にされてるそうじゃないですか。嘘だったんですね。弟さんのために、ＡＶ男優やってるだなんて……それどころか、天職ですか」

「それはその……嘘っていうか、なんていうか……色々あって、だな……」

「色々」

要領を得ない返事は言い訳か。しのぶは乾いた笑いを漏らした。

「そうですね。俺に黙ってたことは、他にも色々ありますもんね。勃起不全のこととか」

「……悪かった」

「謝るってことは、本当なんですか？　まるでそうは見えなかったですけど」

「……ああ本当だ。あんたと出会う数ヵ月前からだ」

「……そんなに前から。じゃあ、俺で勃ったときは、さぞかしびっくりしたんでしょうね」

そりゃあ……と心矢は気まずげに視線を逸らした。その行動が彼の心を雄弁に語っている気がした。

「……社員証を届けるためだなんて理由をつけて会いにきたのも、そのあとも何度も俺を呼び出しては抱いたのも、俺があなたの勃起に有効だから——治療のため、だったんですね」

「それは……っ」

しのぶの悲しげな顔を見て、心矢は慌てた様子を見せた。

「確かにあんたの言うとおり、ＡＶの仕事は天職だって思ってたから、勃たなかった間はずっとむしゃくしゃしてた。勃たねえＡＶ男優なんて、なんの価値もないからな。そんなときにあんたと出会って、勃起不全が治って……驚いたし、希望も湧いた。あんたを利用してれば、復帰への道が開けるって。そんな疚(やま)しい気持ちがあったことは……否定しない」

ほら、やっぱりそうなんじゃないか。ずきりと心が痛み、しのぶから表情が消える。

「でもな、それは初めだけで――」

「……もういいです」

なおも言い募ろうとする心矢に、か細い声でストップをかけた。

「あなたにとって俺は結局……勃起不全治療のため、AV男優に復帰するための、都合のいい道具でしかなかった。そのことは……よくわかりました」

「よくない。道具だなんて言うな」

「言うな？　トイレ扱いしてたのは誰だと……」

「だから、その話はまだ終わってない！」

「いいえ。……終わりですよ」

しのぶは沈痛な面持ちで首を横に振った。

「……あなたの言葉にも行動にも、本当のことなんか一つもない。だからこれ以上なにも、聞きたくありません。……それに」

しのぶはごくりと喉を鳴らした。心に受けた傷が、同じ傷を彼にも残してやれと言っている。

「嘘をついてたのはお互い様ですから。言い訳も謝罪も、必要ありません」

「……嘘？」

「そうです。あなたは……俺がゲイAV男優の心矢さんのファンで、告白してきたって思ってますよね。……でも、それは違うんです。本当は――」

すうっと息を吸い込むと、肺を満たす冷たい空気に、ただでさえ冷え切っていた心が麻痺（まひ）していくようだった。

でもそれでいい。それがいい。

ずっと黙っていた後ろめたい真実を告げるには、心がないくらいでちょうどいいのだ。

「俺が好きなのは、あなたと同じ名前を持った……俳優の、新屋ユウトさまのほう」

乾いた唇を一度舐め、それから、としのぶは続ける。

「俺は、極度の唇フェチで……新屋さまの唇にしか、興味がないんです。あなたと新屋さまの唇が、あんまりそっくりだったものだから……間違えて好きだと言ったんです。あのとき」

それがまさか、別人の『しんや』で、ゲイAVが好きだなんてひどい勘違いをされて――正直迷惑してたんですと、しのぶは告げた。

「……はぁ？　なんだよそれ。別人とか、フェチとか、そんな話……聞いてねえぞ」

心矢の瞳がすっと暗くなった。しのぶは背筋に冷たいものを感じたが、話すのを――心矢を傷つけるのを、止めなかった。

「そんなの……言えるわけないじゃないですか。あなたみたいな、怒らせるとどうなるかわからない、おっかない人に。……それに、途中から悪くないかも、って思いだしたんです。新屋さまとそっくりな唇とキスしたり、エッチしたりできるの……ある意味俺にもメリットあるんじゃないかって」

「……メリットだと？」

聞き捨てならないとばかりに、心矢がきつく眉根を寄せた。

「そのフェチのために……黙って俺に抱かれてたっていうのか？　他の男の唇と重ね合わせて？」

「いけませんか？　好きな人の身代わりにしちゃ。あなたは俺を道具扱いしたのに？」

いつになく挑発的な言葉に、心矢が顔色を変え、息を呑んだ。

「そうでしょう？　あなたが俺の身体にしか用がないのと、俺があなたの唇にしか用がないの、違わないですよね。――責めも、責められも、できないはずです」

「っ、身体だけとか、道具だとか……だからそれが違うって言ってんだろ……っ！」

心矢は顔を歪めて歯ぎしりするように言ったが、しのぶは到底その言葉を信じることができなかった。この期に及んでまだそんな嘘をつくのかと、より気持ちが冷めた。

「……じゃあ、あれは。俺は俺、って言ってくれた……あの言葉は……なんだったんだよ」

「……あんな言葉に大した意味なんかないですよ。べつに俺は、あなたの仕事とか、事情とか、最初から興味なかったですし……。ああ言っておけば、あなたの機嫌を損ねずにすむとか、その程度から出たものです」

嘘だ。本当はあのとき、沈んでいるように見えた心矢を、どうにか励ましてあげたかった。

でも、その気持ちも、あの言葉も――すべては無意味だったけれど。

「興味ねえだと……？　俺のこと好きって言ったくせに！」

好きだ――たぶんきっと、今でさえ。

だからこそ、こんなに苦しんでいるのではないか。

「……好きですよ。その唇は」

その一言が、今一番心矢の逆鱗に触れるとわかっていて、あえて口にする。案の定、心矢は瞳にカッと怒りの炎を燃やした。

「……ああ、そう。そうかよ。……くそっ、最悪だ！」

荒々しい口調で吐き捨てるなり、缶コーヒーをゴミ箱に向かって投げつける。ゴミ箱の底で、落ちた缶が耳障りな音を立てた。

最悪だ、と言われて、しのぶは傷ついた。そんな権利もないのに。そして、言った側の心矢も、怒りに混じり、傷ついた表情で後ろを向くのが見えた。

心矢が行ってしまう。たぶんもう、二度と会えない。そんな予感を残して。

遠くなっていく心矢の背中が、完全に見えなくなって、一人公園に取り残されても、しのぶはしばらくその場から動けなかった。

（……これで、終わったんだ）

空には雲が低く垂れ込めていて、風は昼なのに冷たく、昨日までの穏やかな秋の日が嘘のようだった。

あれほど頻繁だった心矢からの連絡は、あの日を境にぱたりと途絶えた。

そうして二ヵ月が過ぎたころ――。

これといってなにもない、平穏を絵に描いたような、元通りの日常が戻ってきていた。しかし、しのぶはずっと浮かないままだった。以前のように新屋さまの唇に熱を上げることもなく、最悪な形で別れた男のことばかり考えてしまう。

（心矢さんの新作の予定、やっぱり出てないか……）

仕事を終え、帰路につく電車の中、携帯からネットで心矢の活動状況をチェックしていたしのぶは、ため息とともに薄い肩を落とした。

こんなことをしても意味などないとわかっているのに、心矢のことが気になって仕方ないのは、いまだ彼への気持ちを捨て切れていない証拠だ。いっそあのとき、嫌いになれていたら楽だったのに。あるいは清々したと踏ん切りをつけられれば……。けれど心はそう、思いどおりにはいかない。

それにしても、どうして新作が一向に出ないのか。しのぶのおかげで、勃起不全は治ったはず。タイミング的には、とっくに仕事を再開していてもおかしくないはずだ。

携帯を見下ろしながら、数ヵ月前まではずらりと並んでいた売れっ子男優の心矢の名前が、新作のラインナップに一向に並ばないのを、しのぶは不思議に思っていた。

（そうだ）

ふっと考えつき、様々な有名人やコンテンツのファンが交流している、電子掲示板サイトを覗いてみる。公式では得られない情報がこういう場所で得られることもあると、新屋さまを追っていた経験から、しのぶは知っていた。

ゲイAV界の帝王と呼ばれているだけあり、心矢のスレッドは人気のようだった。過去ログから読んでいくと、心矢本人や出演作に対し、黄色い悲鳴が聞こえそうな意見が交わされ、新作が出なくなって以降——勃起不全になってからのことだろう——は、心矢はいったいどうしちゃったの、と嘆き悲しむファンの書き込みでいっぱいだった。

そして最新の書き込みはというと——騒然というに相応しい荒れようだった。

『心矢、ゲイAV男優辞めたってマジ⁉』

『マジっぽい……事務所のサイト見たけどいつの間にか名前消えてる』

『前々からそんな噂はあったけどね』

『いやだ、信じたくない。ゲイAV界にはなくてはならない人なのに……』

「……辞めた？　嘘……っ」

まるでネット上の会話に加わった気分で、しのぶはぽつりと呟いていた。周りの乗客の視線が集まったのを感じ、慌てて口を閉じて携帯をスーツのポケットに仕舞い込んだが、頭の中は今知った衝撃の情報のことでぐちゃぐちゃだった。

心矢はゲイAV男優という仕事に、強い自負心を持っているように見えた。だからこそ、絶対的な商品価値を誇っていたペニスが役立たなくなったとき、落ち込んだだろうし苛立っただろうし、どうにかしないとと思ったはずだ。

勃起に有効なしのぶという性具を見つけたのは偶然でも、利用したのは意図的だったはず。ゲイAV男優に復帰するために……。

（……もしかして、俺がいなくなったから？　また勃たなくなって、それで……？）

だとしたら――彼がゲイAV男優を辞めたことに対し、責任の一端を感じてしまう。自分は騙され、利用されていたのだ。そんなものを感じる必要はないとわかっているし、むしろバチが当たったのだと笑ってやればいいのに、それができない。気になって、気になって――居ても立ってもいられなくなる。

しのぶはあることを閃くと、再び取り出した携帯を操作し、行きたい場所へのルートを調べ始めた。それがわかると次の駅で電車を降り、乗り換えのできる駅まで戻る。そうして向かった場所は、心矢の所属事務所だった。

そこに行けば、確かなことがわかるかもしれない。そう思ったのだ。

（勢いで来ちゃったけど……）

いざ建物の前に立つと、どうしようと足踏みしてしまう。三階建ての事務所ビルの前をしばらくうろうろしていると、「うちの事務所に用事？」と背後から声をかけられた。

びくりとして振り返る。そこにいたのは、ほっそりとした身体、栗色の髪が映える甘い顔立ちの、どこか中性的な雰囲気の男だった。

「俺、一応ここの人間なんだけど」

自分を指して言う男の声には聞き覚えがあり――しのぶはあっ、と思った。彼は心矢のマンションに訪ねてきていた、ＡＶ男優仲間ではないだろうか。

「あの……用事といいますか、ここの男優の……」

どう説明していいものか、しどろもどろになる。相手が心矢と仲の良い知り合いだと思うとなおさらだ。しかしそんなしのぶの動揺など一切伝わっていない様子で、男は「ああ！」と言ってにっこり笑った。

「男優志望の人ね！　面接受けにきたんでしょ。オッケー、案内してあげる」

「えっ？」

男はしのぶの手をとるなり、事務所のドアを開けて中へと入った。敷地自体はそう広くなく、エレベーターもないようで、しのぶは手を引かれたまま階段を上がる。

「あ、あの……っ？　俺は男優志望なわけでは……」

案内してくれるのはありがたいが、とんでもない誤解をされているようで焦る。しかし、

「だーいじょうぶ。きみみたいな真面目なリーマンが即オチするのがたまんないっていう性癖のやつ、結構いるから、需要あるって。うちは色んな人材、大歓迎だよー」

ゴーイングマイウェイとばかりに先を行く男にはさらなる誤解を重ねられ、ろくに話を聞いてもらえない。ゲイAV男優は総じて人の話を聞かない人種なのか、それとも誤解を招くような言動を自分がとっているせいなのか——。心矢と初めて会ったときのことが思い出され、しのぶはまたかと青ざめた。

「ここで待ってて。今、担当のやつ連れてくるから」

男は二階にある十畳ほどの、テーブルとソファセットと観葉植物が並ぶ、応接室のような部屋に案内すると、しのぶがなにか言うより先にドアを閉めて行ってしまった。ドアの向こうで男が、「おーい、面接官。男優志望って子、ビルの前にうろついてたから、拾ってきたぞ」と誰かに向かってかけている声が聞こえる。

(ええ……!? ど、どうしよう)

話がまずい方向に進んでいっている。いっそ逃げようか、けれどもせっかく来たのだから、心矢のことは訊いておきたいし……と、考え込みながらソファの周りをぐるぐる歩き回っていた、そのときだ。軽いノックの音が二度響き、ドアが開いた。

「お待たせしました。私が面接を担当します、企画制作部の——……」

しのぶはピタリと足を止めた。入ってきた人物も、そしてしのぶも、互いの姿をみとめるなり愕然とした表情になる。

「あんた……」

そう呟いたきり、言葉をなくしたように、しのぶを見つめ立ち尽くすのは——二ヵ月ぶりに再会した、心矢だった。

心臓がどくん、と跳ね上がる。

どうしてここに心矢さんが現れるの。企画制作部ってどういうこと。ゲイAV男優を辞めたって本当なの。

訊きたいことは色々あるのに、喉が乾いて、心臓がうるさくて、なに一つ言葉にならない。

すると不機嫌そうな低い声が、膠着状態だった空気を破った。

「……男優志望？　あんたが？　……は。新屋さま、だけじゃ飽き足らないって？　男の唇なら誰でもいいのかよ。だからAVに出ようってのか」

とんだ淫乱だな——。その冷たい言葉は蔑みの視線とともに、しのぶの心に突き刺さった。

「ちが……そんなわけありません！　俺がここへ来たのは、あ、あなたのことが気になったからら……で」

「……はあ？」

「ネ、ネットで、あなたがゲイAV男優を辞めたらしいって知って……驚いたんです。天職だって言ってたのに、勃起不全だって治ってるのに、なんで……って」

だからここへ来ればなにかわかるかと思ったんです。そう小声で結べば、心矢は乾いた笑いを吐き捨てた。

「はっ。俺にとっちゃ、なんではあんたの行動だけどな。なんでそんなことが知りたいんだよ。関係ねえだろ、あんたには。俺のファンでもない——俺のこと、好きでもないくせに」

「それ、は」

好きです。

あなたのことが——好き。

しのぶは心の中で、痛いくらいに思った。けれども関係ないと言われて傷つき、裏腹な台詞が、喉元にせり上がる。

「あ、あなただって、俺のこと好きでもないのに、何度も抱いてたじゃないですか……っ」

「ああ？」

「お、俺より、ずっと最悪ですよ。弟さんのこと、勃起不全のこと、なにも知らない俺をいいように利用して——トイレ扱い、してたんですから……っ。なのになんでそんな一方的に、責められるような言い方されなくちゃいけないんですか……っ」

プツンと、なにかが切れるような音を聞いた気がした。

「……ったまきた」

持っていた書類のようなものを床に叩きつけるなり、心矢は大股で、しのぶのほうへ歩いてきた。ぐいっと襟首を掴み上げられる。

「一方的だと？　それはあんたのほうだろうが！　俺の言うことが嘘ばっかりか、本当のことなんか一つもないか——決めつけんのは話を全部聞いてからにしやがれ！」

心矢の怒りは凄まじかった。しかし、その一方で、焦燥の色も感じ取れた。息を呑んで固まるしのぶに、「前にも言ったが」と、心矢はきつく眉根を寄せた表情で話し出した。

「初めのころ、あんたを利用してやろうって気持ちがあったのは、否定しない。勢いでやっちまった一度目のときは偶然だったんじゃないかって半信半疑だったけど……二度目で確信した。届け物にかこつけて、あんたに会いに行ったときだ。俺は、あんたの自慰を見て、また勃起した」

心矢が言う二度目——会社で抱かれたときのことが、しのぶの脳裏によみがえった。確かめたいことがあると言われ、求められた自慰とセックス。

「こいつで勃つのは間違いない。こいつがいれば、なにもかも元通りだ——そう思って、俺のものにしてやるなんて言った。あのときは、あんたが自分のファンだって信じてたからな。ああ言えば、あんたもまんざらでもないだろうと思ったんだよ」

でも、と言い置く声が小さく掠れる。

「……あんたを知るうち、そんな打算はどこかへ消えちまった。真面目なのにどこか抜けてて、年上なのにやたら可愛くて、ほっとけない気持ちにさせられる。……気がつくと、いつもあんたに会いたい、笑った顔が見たい、話したい……そんなことばかり考えちまうようになった」

心矢に両腕を摑まれる。その顔は怖いくらい真剣だった。

「これが単なる道具への感情か？　違うだろ？　……俺はあんたに本気にさせられたんだよ。本気で好きになったし、欲しいと思った。……だから、あの告白は、嘘じゃない。嘘じゃ、ないんだ……」

摑まれる腕に力が込められ、しのぶは小さく声を漏らした。触れられた場所から心矢の気持ちが流れ込んでくるようで、思わず心を傾けたくなる。

でも……。

「そんな……同情に訴えるようなこと、弟さんのことを話してくれたときと一緒で……」

「あれも嘘じゃない！」

必死の形相で否定したあと、心矢は気まずげに打ち明けた。

「……母親が蒸発したあと、弟が病気で入院したのは本当だ。入院先で俺がスカウトされたのも。……けど、弟の病気自体はべつに大したことなくて、すぐに退院した。だから、俺が今こうしてるのは、単純にこの仕事が好きだからで……誰かのためなんて、大層な理由はない。……ってことを、最後まであんたに言いそびれてただけで……つまり」

はーっと長い息を吐き出す。

「……かっこつけたかったんだよ」

「……え？」

「あんた、俺がゲイAV男優になったさわりだけ聞いて、いいふうに捉えてくれただろ。俺のこと、優しくて、寛大な、すげえ男だって思ったろ」

「それは……まあ……」

「だろ。あんな反応されて、思い違いだなんて言えるかよ。好きなやつにはよく見られたいだろ——誰だって」

まるで悪戯が見つかった子どもの言い訳を聞いた気分で、しのぶはぽかんと口を開けた。心矢の頬に、さっと朱が散る。

「なんだよ、その呆けた顔。言っとくけど、わざわざこんな格好悪ぃ嘘つかねえからな」

「……というか、小学生みたいな思考回路だと思って」

「……っ、だから言いたくなかったんだよ！」

心矢は真っ赤になってしのぶを突き放すと、その場でしゃがみ込み、ガリガリと後頭部を掻いた。照れているときの無意識の仕草だ——。見つめるしのぶの胸が熱くなる。

「小学生って言うならな、あんたがひどい呼び名だってこだわってる、トイレちゃんてのもそうだぞ。あれはな、俺とあんたの馴れ初めを知った仲間のヤツが、初めてセックスした場所がトイレかよって、面白がって勝手に付けたあだ名だ。つまり、言葉どおりの意味で——道具だとか、あんたが思ってるような他意はねえから」

「え」

（そんな単純なこと……）

なんだか気が抜けてしまった。それに自分の早とちりもここまで拗れた原因の一つとわかり、脱力感がさらに増した。

なあ、と心矢が、どこか甘ったるい声を出す。

「……悪かったよ、利用するような真似して。でも、今もそうだとは思わないでくれ。あんたが好きだっていう俺の気持ちまでは、嘘だと決めつけないでくれ……」

しゃがみ込んだ体勢のまま、心矢はしのぶを見上げた。潤んだ瞳は想いの熱に溶かされたように見え、どきりとする。

「……マジで好きなんだよ、あんたが」

──駄目だ。

真摯な表情も、震える声も、熱のこもった眼差しも、演技だとは思えない。

これ以上は疑えない。

いや──信じたい。

一度感じた不安や怒りは、そう簡単には消えないけれど、こんな自分を本当に好きでいてくれるのか、いまだ自信は持てないけれど。それらを踏み越える強い気持ちが、しのぶの胸にはあった。

好きだ。嫌いになれない。彼のことが。

しのぶは黙って床に膝をつき、心矢と目線を合わせると、その身体を両腕でふわりと包み込んだ。

「……だったら俺も、謝らなきゃ」

「しの……」

「きっかけこそ、新屋さまに似た唇でしたけど……今はもう、そんなのどうでもよくなってるって。あなたの唇以外に用はないって言ったのは、あなたに傷つけられて、あなたを傷つけたいがための、嘘だったたって――」

「……なにが言いたいんだ?」

「あなたと同じことですよ」

少しだけ顔を離して見つめあい、しのぶは微笑んだ。泣き笑いのようになってしまったかもしれない。

「……嘘をついてごめんなさい。嘘と言いだせないくらい、好きです」

心矢の瞳が驚きを孕(はら)んで、じわじわと見開かれる。

「大好きです」

「……唇だけ?」

しのぶはふるふると首を横に振った。

「そこも含めて、全部ですよ。……あなたが言う、格好悪いところも含めてだから、これは恋というものでしょう？　素敵なとこ、駄目なとこ、相手のすべてが、愛しくて、たまらない……」

心矢さんは、と問いかける。

「俺がへんてこなフェチを持ってるって知って、きらいになりましたか？」

「……っ、あんたはもともと充分変なやつだよ！」

喜んでいいのか悪いのか、微妙な返答だったけれども、今度は心矢からぎゅっと抱きしめられたので、まだ欲されているのだとわかりしのぶはほっとした。二ヵ月ぶりの逞しい身体つきとぬくもりを味わおうと思い、その背中に腕を回しかけたけれど、すぐさま身体を離され、唇を奪われ、指先はきゅっと彼の服を摑むことしかできなくなった。

「……っん、ん、んく……」

口内のあらゆる場所をこそぐように舐められて、舌を強く引っ張られて、唾液を注ぎ込まれて——苦しいと思うのに、同時に気持ちがよくて幸せで仕方ない。胸が張り裂けそうだ。

「しのぶ……しのぶ……しのぶ」

心矢はうわ言のようにその名を繰り返しながら、キスの合間にしのぶの服に手を伸ばしてきた。待ってくださいと胸を押し返すと、むっとした顔になる。可愛い。

「待てるか、この状況で。二ヵ月抱いてねぇんだぞ」

「そ、そうじゃなくて……AV男優を辞めた理由、まだ聞いてません」

本当に気にしていたんだと、真摯な目で訴えるしのぶを見てわかってくれたのか、心矢は一つ息を吐いて言った。

「辞めるのは……前々から考えてたんだよ。向いてたし、楽しくて続けてた仕事だけど、やっぱり限界ってあるんだよな。……気持ちがないセックスをするのに疲れてきて。それが原因で、勃たなくなっちまって……」

そのとき初めて知った心矢の勃起不全の理由に、しのぶはそうだったのか、と納得した。

「それで、いつまでもこうしてらんないなって、身の振り方について考えてたとき——あんたに、俺は俺……って言ってもらえてさ。それで踏ん切りがついたんだ。今まで積み重ねてきたもの、全部捨てることになるかもしれないけど、べつの道へ進もう……って」

あんただけは俺が帝王じゃなくなっても、そばにいてくれるとあのとき思ったんだ、そう心矢は言った。

「それが、新屋さまだもんなぁ……さすがにへこんだぜ」

ハァーッとわざとらしく大きなため息をつかれ、しのぶはうっと言葉に詰まった。それを見た心矢が小さく笑う。

「べつの道……っていっても、この業界には愛着あるし、出来れば関わっていたかった。前々から裏方にも興味あったから、事務所に駄目もとで、そっちで雇ってもらえないか訊いてみたんだ。そしたら、役者辞めんのは惜しいけど、その経験と才能は裏方でも生かせるって――歓迎してもらえた」

「それで……企画制作部ですか？」

「そ。新人発掘も俺の仕事」

でもあんたは駄目だぞ、絶対AVになんか出さないからなと睨まれながら念を押され、しのぶはちょっと笑ってしまった。

「なんだか……色々、考えすぎてた自分がバカみたいです。心矢さんて本当に、呆れるくらい、AVの仕事が好きなんですね」

まーなと言って、心矢が指でふにふにとしのぶの唇をつつく。

「あんたの唇フェチだって、そうだろ？」

お互い様だ、とも言う。けれどやわらかく笑んだ瞳は、もう怒ってはいないことをしのぶに教えてくれた。二人の気持ちは同じだとも。

誤解に始まり、すれ違いを重ねて、ようやく自分たちは本当の恋を始められる。

「……はい。お互い様、です」

しのぶはふわりと微笑んだ。

互いに想いあっていられるのは、なんのしがらみもなく笑いあえるのは、なんて幸せなんだろう。

そんなふうに思いながら。

「はぁ……う……」

我慢できずに漏れ出る甘い声が、淫靡な水音に混じり、腰のあたりをうずうずとさせる。しのぶはカッターシャツ一枚を羽織った格好で、あとの着衣はすべて取り去られ、ソファに座った心矢と対面座位になる姿勢をとらされていた。

はだけたシャツの間では、胸に顔を寄せた心矢が、勃ちあがったしのぶの乳首をころころと舌でねぶっている。心矢に愛でられ、熟れて硬くなった乳首は、食べ頃の果実のようにそそる見た目をしていた。

「……二ヵ月の間、誰にも舐めさせてないだろうな？」

しのぶの目を見ながら、心矢が見せつけるようにして、舌で乳輪をぐるりとなぞる。尖らせた舌先で乳頭をくりくりといじってから、大きな口に乳首を含んでジュッと吸い上げた。

「んんっ……」

ぷっくりと膨らんだ乳首、そこだけで切ないほどに感じてしまい、鼻にかかった声をあげながら背中を反らす。

「させて、ません……」

「本当に？」

心矢はたっぷりと濡らした乳首から口を離すと、もう片方の乳首に顔を寄せ、そちらにも愛撫を加えはじめた。放り出されたほうには親指をあてられ、優しく回される。甘くて濃厚な蜜が、胸から全身にとろとろと広がっていくようで、たまらなく心地が良い。

こくこくと頷くと、満足げに微笑んだ心矢の吐息が乳首のまわりの肌を掠める。そんな些細な刺激にすら感じ、しのぶの腰は物欲しげに揺れた。心矢の空いたほうの手がその腰を撫で回し、小ぶりの尻の形を確かめてから、後孔に向かって下りていく。

「じゃあ……ここは？」

「あうっ」

にちゅっと音を立てて、指が一本入ってくる。ひくん、と喉を反らしたしのぶの目に映るのは、テーブルの上に置かれた色々な品——ジェルやゴム、小型のビデオカメラ、ピンクローターに男性器を模したディルドといったものだ。部屋に入ったときは気がつかなかったが、心矢がテーブル下の収納スペースからそれらを出してきたときは驚いた。ここで面接を行う際に、場合によっては必要になるから、部屋に常備してあるものだと心矢は説明したが……本当だろうか。だとしたらＡＶの面接とはいったい、どんないかがわしい内容なのだろう。

もやもやするが、それがあったおかげで、心矢はジェルを使ってしのぶの蕾を解すことができている。受け入れるのは久しぶりで、そこはすっかり硬くなってしまっていた。

ぬめりを中に広げるように、指先を内壁に擦り付けられる。ピリピリとした刺激が中から腰に、腰から頭に突き抜けて、「あっあっ」と高い声をあげるのを止められなかった。

「してませ……そんな、とこ……っ」

「誰とも？　自分でも？」

心矢の首にしがみつきながら首を振る。求める気持ちが身体に伝わり、きゅうきゅうと呑み込んだものを締め付けてしまう。胸への愛撫だけで兆していた前も、痛いほどに膨れ上がり、シャツの裾に隠れたところでとろとろと先走りを零していた。

「会えない間……心矢さんのことばっかり……考えて、ました……よ……？」

はぁ……と熱い息を吐いて、快感に潤む瞳で心矢を見つめると、心矢がクッと眉間に皺を寄せた。

「このバカ。あんまり可愛いこと言うな。……今すぐ突っ込みたくなるだろ」

「ああ……ん」

舌打ちとともに、ぐいぐい、と腰を突き上げてくる。服越しでもわかる、ごりごりと硬く膨れ上がった雄に会陰部を擦られ、しのぶはもうたまらないと身体をくねらせた。

「あ、俺も……我慢できませ……っ」

「だーかーらー……。んなこと言うなって。指一本でこんなきゅーきゅーのくせして。あとで痛い目みるぞ」

「いいです、それでも……」

はしたない、恥ずかしい。そう思いつつも、欲しがるのを止められなかった。すれ違っていた間の淋しさや、もう会えないと思っていた悲しみは、こんな指くらいじゃ埋められない。

「心矢さんの、おっきいの……奥まで……いれて、ほし……です……」

我を忘れてねだるしのぶの痴態に、心矢は「ああくそ、これだから天然は」と呻いた。その耳が少し赤らんでいる。

「あっ……」

ちゅぷ、と音を立てて蕾から指を引き抜くと、心矢はしのぶの身体をソファの上に仰向けにして倒した。いやらしくとろけた表情も、赤く勃ちあがった乳首も、上を向いて淫らな蜜を零し続けている性器も、すべて心矢の目の前に晒される。

「やらしいな……」

熱い視線を注ぎながら、心矢は濡れた指の根本から先端に向かってゆっくりと舌を這わせた。色気が滴るような表情と仕草に、ぞくんっ、と身体が震える。

「心矢、さん……」

格好いいな、好きだな——と思うたび、心臓のどきどきが加速していく。切ない声で大好きな人の名前を呼ぶと、その人は優しい微笑みで答えてくれた。

「見ろよ。俺ももう……こんなだ」

カットソーを脱ぎ捨て、鍛え抜かれた肉体を露わにした心矢の手が、ジーンズにかかる。前を寛げると、色も長さも大きさも、桁違いに男らしいものがブルンッとしなりながら姿を現した。それはすでに先走りを滴らせながら、雄々しく天を突いている。勃たなかった時期があるとは、とてもじゃないが思えない。見ているだけで、喉が渇き、頭が灼け、後ろが疼く——。

あれで征服されたい。帝王の、あれで。

「……ココ、ひくひくしてんな。そんなに欲しいのか？　可愛いやつ……」

心矢は立たせたしのぶの膝の間に顔をうずめると、物欲しげに口を開いている後孔をぺろりと舐めた。舌先で、ツンツン、とつつく。

「ひゃっ……あん、もう……」

もどかしい刺激にがくんと腰を跳ねさせると、心矢がフッと笑って身体を起こした。テーブルの上のゴムに手を伸ばす。

しのぶは無意識に、その手を掴んでいた。

「ま、待って……ください」

「しのぶ？」

「あ……あの……」

こくん、と喉を鳴らし、心矢を見上げる。

「ゴム……無しじゃ、駄目……ですか……？」

心矢が大きく目を見開いた。

はしたないことを言っている自覚はある。恥ずかしさのあまり顔から火が出そうだ。それでも、言わずにはいられなかった。

「今日は、あなたを……直に感じたい、です……」

瞳が熱く潤み、声が掠れた。ひどく欲情している証拠だ。心矢が欲しい。今までよりもっと強く——ずっと近くで。

「心矢さん……だ、駄目……？　お、お願い……」

しのぶが切なく瞳を細めて懇願すると、心矢の顔色が変わった。

「……っ、このバカっ」

焦ったようにそう吐き出す、その股間に聳え立っていたものがさらに一回り大きくなり、しのぶは目を剝いた。

「嘘っ……まだ大きく……？」

「あんたのせいだろうが！」

心矢は舌を打つと、ゴムを床に投げ出し、剝き身のままの熱い切っ先をしのぶの後孔にあてた。高まる期待感に、「ああっ」と甘い声が漏れる。

「んな可愛いこと言われて、おかしくならない男がいるかよ……！」

心矢の生のままの性器が——赤い蕾を割って、ぬくうっ、と中に入ってくる。

「あああっ！」

たっぷりの先走りを滲ませた硬い先端が、前立腺をごりりと抉りながら、圧迫感などものともせず一気に肉路を貫いた。敏感な奥を打たれ、パンッと音が響き、身体が浮く。

刹那——激しい電流のような快感が頭を突き抜け、しのぶの陰茎はぴゅるる、と白い蜜を迸らせていた。

「は……っ。ところてんかよ。やーらし」

嬉しそうに言いながら、心矢がしのぶの耳殻をしゃぶって、胸まで散った精液を乳首に塗りたくる。達したばかりなのに、そんなふうにされると気持ちよさがおさまらなくて、「あん、あん」と喘ぎながら、しのぶは再び前を勃ちあがらせていた。

「熱くて……きもち、です……っ、心矢さんの……」

「……ああ、すげえイイ顔してるよ。可愛いな……無茶苦茶エロい。そうだ——せっかくだから、やらしいあんたの姿、録画しとくか」

達した余韻と、それでも引くどころか止まらない快感に、しのぶの頭はぼうっとしていて、なにを言われたのか、心矢がテーブルに手を伸ばしてなにをしようとしているのか、わからなかった。

やがて心矢は手に収めたもの——小型のビデオカメラを覗き込みながら、そのレンズをしのぶに向けてきた。

「すげ……。俺の、あんたのちっさい孔に、ずっぽり埋まってんぜ」

ジー……という細い稼働音。ビデオカメラの黒いボディに、小さく赤く点る、録画中のサイン。

「や……っ」

撮られている——悦楽に染まる恥ずかしい顔も、プクンと膨れて刺激を欲しがっている乳首も、とろとろに濡れている性器も、繋がり合ったいやらしいところまで——全部。

そうと気づくと、しのぶは脳が沸騰するかと思うほどの羞恥に襲われた。

「なに撮って……っ、と、止めてください……！」

「アダルト業界の採用面接には、カメラテストはつきものだぞ」

「だ、だから俺は面接に来たわけじゃ……あんっ」

それにカメラテストって、こんな本番を撮るわけじゃないだろう、これはただのハメ撮りだろう。そんなふうにも思ったが、止まっていた腰を一度強く揺すられたとたん身体を走り抜けた甘い刺激に、非難の言葉は霧散してしまう。

「ふあっ……ああっ……」

今みたくもっと気持ちいいことをしてほしいのに、心矢はといえば、一度突いたきり動きを止め、ビデオカメラでしのぶを撮るばかりだ。恨めしく思いながら、しょうがなく自分で尻を浮かしてゆすゆすと振った。恥ずかしさはあるのに、身体が勝手に物欲しげな行動をとってしまう。

「いいな。それ。そういう積極的にエロいやつは重宝されるんだぜ」

欲しい刺激ではなく、いかにも面接官といった感想を微笑みながら返され、しのぶはむうと眉を寄せた。

「焦らさないでください……っ」

「せっかくだから、ＡＶの面接っぽく楽しんでるんだろ？　質疑応答も欠かせないよな。しのぶ、俺の言うことに答えろよ。ちゃんと答えられたら……」

「んんうっ」

突き刺した欲望でまた一度大きく揺すぶられる。

「ご褒美(ほうび)をやるからな？」

しのぶは赤い顔ではーはーと息を吐き出した。言うとおりにしないとコレがもらえない。悔しいが、それより欲しい気持ちのほうがもっと強い。

「オナニーは週何回？」

構えたビデオカメラでしのぶを映しながら、心矢が訊ねてくる。

「そ、そんなこと訊くんですか……？」

「訊くぜ。性的なことに好奇心旺盛なやつのほうが、向いてるからな。ほら、何回だ？」

「さ、最近は全然ですって……」

REC

「俺と知り合うまでの平均」

「う……い、一回、くらいです……」

ぼそぼそと答えたしのぶに、心矢はまったく信用していない顔つきでコメントした。

「こんな淫乱な身体で、週一程度で我慢できるわけあるか。でもまあ、照れてる顔が可愛いから、許してやる」

許してやるとはずいぶん上から目線な……と思ったが、ご褒美の極太ペニスで待望のひと突きが与えられ、「ああんっ」と甘く喘ぐことで雑念は掻き消えた。

「好きな体位は?」

「い、い、今みたいの……っ」

「正常位?　なんで?」

「心矢さんの顔が見えて……嬉しいから、です……っ」

「いい答え」

嬉しそうに心矢が言って、先端を前立腺にあてたまま腰を回す。ジェルと先走りに濡れた肉筒の中で、ぷりぷりと転がされる快楽の種。頭がぐちゃぐちゃにされるみたいな激しい快楽に、しのぶは「ひああんっ」と大きく叫んで、後孔を強く引き絞った。

「……っ、たまんね」

ぼそっと、心矢が呟く。

「んじゃ……これが最後な。初体験はいつ、誰と？」

しのぶはもう、快楽以外を感じることができなくなっていた。瞳はうつろに、唇の端からは唾液を垂らしながら、ぼんやりと答える。

「……二十八、です。相手は……ゲイAV男優、で……」

心矢が固まる。

「……おい。……まさか」

しのぶはこくんと頷いた。

「心矢さんですよ……？　俺の初めての、人は……」

「……俺が、初めて……？」

心矢がゆっくりとビデオカメラを下ろした。驚愕を貼り付けた表情をしている。

「……嘘だろ。俺とやるまで……男も、女も、なかったのか？」

わざわざ強調しないでほしいと、しのぶは赤くなった。

「あるわけないです……。へんてこなフェチのせいで、まともに誰かを好きになれたことも、なかったですから……。好きになったのも、キスも、エッチも、心矢さんが全部初めて……あっ」

心矢はビデオカメラを投げ出すなり、しのぶの両脚を抱え上げると、上から体重をかけて性器を突き入れてきた。快感を欲しがって収縮を繰り返していた媚肉を掻き分け、ずぐずぐっと太いものが埋まる。それは言葉にならないほどに、圧倒的な愉悦を生み出した。

「ひ……っ、あー……っ！」

挿れて、出して、また刺すように挿れて。激しすぎるその動きを、容赦なく繰り返される。肌と肌がぶつかる高い音、潤んだ肉筒を掘り起こす濡れた音——。自分の体内からする淫らな奏でに、しのぶはひんひんと喘ぎ声を被せながら、快楽の嵐に翻弄された。

「あっあっあっ、いきな……り、な……です……っ、強すぎま、っあ、ああっ」

「……っせ、火を点けるようなこと言った、あんたが悪い……っ！」

「ひぃん……っ！」

精のたっぷり詰まっていそうな心矢の陰嚢が、尻にピシッとあたるくらい、深く強く、根本まで穿たれる。凶器そのものの硬くて熱い切っ先で、熟れた奥を擦られる。

（そこ駄目、深すぎる……っ、でも、いい……っ）

敏感な身体に稲妻が走る——。目の前が白く霞むほどの快楽はもう、良いのか痛いのかさえわからなかった。

「あ、あん、あん、あぁん……っ」

あまりに激しく上下に揺さぶられるせいで、顔からメガネがずれ、それどころかソファの位置もずれていっている。どれだけ濃密なセックスを、いつ誰が来るとも知れない、こんな場所でしているんだろう。どれだけ強く求められているんだろう。

「心矢さ……っ、好き……好きです……っ、あなただけ、俺はあなただけ、ですからっ……！」

どれだけ自分は、この男に、溺れてしまったのだろう――。

「当たり前だ……っ」

しのぶが腕を伸ばすと、それを摑んで引き寄せ、抱きしめてくれる。欲しいと思う前に深い口づけを与えられ、胸の奥がじん、と疼く。

「ん……、ん……っ」

嬉しい、好き、気持ちいい、もっと――。

唇を吸い合い、舌を絡ませ合い、そうして溢れてくる想いに、心矢の熱情を呑み込んだ後ろがきゅんきゅんと反応する。

「く……っ」

心矢は深く重ね合わせた唇の間で、心地よさげな吐息を漏らすと、勢いをつけてしのぶの最奥に己を突き立てた。快楽の剣にとどめを刺され、熟れすぎてぐずぐずになった媚肉が歓喜に震える。

「やぁん……っ」

キスを続けていられなくなって、しのぶが身体をくねらせて喘ぐと、逃げるのは許さないというように腰を押さえつけられたまま、中に熱い飛沫を放たれる――。

「あ……あ、あっ……すご……いっぱい、でて……っ」

下腹部にじゅわっと広がるぬくもりに、しのぶもまた、全身をぴくぴく震わせ達していた。陰茎から散ったものは少量で色も薄かったが、快感は一度目の絶頂より深いものだった。

「う、はぁ……あんたの中、気持ちよすぎて……射精とまんねぇ……」

心矢は自身を抜かないまま、収斂（しゅうれん）する内壁の動きを味わうようにして、ゆるゆると腰を動かした。まったくといっていいほど硬度を失っていないそれに、腹の中を掻き回されると、たっぷりと出された精がジュプジュプと音を立てた。

「あん……っ」

「もう一回したい……」

「……このまま、ここで、ですか……？」

「いやか？」

頬に口づけられながら言われ、ん、と身を竦める。

「そういうわけじゃ……。でも、心矢さんて……トイレとか、会社とか、事務所とか……その、人気のある場所でするのが、好きなんですか……？」

「ええ？　違う、ただあんた相手だとどこでも欲情しちまうようになったっていうか……って」

心矢はそのとき、とんでもないことに気づいたとばかりに顔を上げた。

「待て。待て待て。さっき、俺が初めての相手って言ったな。……ってことは、あんたの初体験の場所って……もしかして……駅のトイレってことになる？」

「もしかしなくても、そうですよ……」

しのぶは唇を尖らせて言った。

「俺、女の子じゃないですけど……。さすがに初めては、もう少しまともな場所がよかったです……」

「わ……悪い！　悪かった、ホント」

青ざめておろおろする心矢が、めずらしく、また可愛いので、すぐに相好を崩してしまう。

「……いいですよ。いや、シチュエーションとしては、あまりよくないんですけど。結果的には……心矢さんとこうなれる、きっかけになった場所ですから。……どうしたって、いやな思い出には、ならないです」

そう考えると、『トイレちゃん』というのも言い得て妙なのかもしれない。なんてことを思いつつ、へへ、と頬を染めて笑うと、心矢が困ったような怒ったような複雑な顔になって、どさりとしのぶの上に倒れ込んできた。子どもがお気に入りのぬいぐるみにするように、ぎゅうぎゅうと抱きしめられる。

「し、心矢さん？」

「ああ、くそ。なんであんたってそう、反則的に可愛いんだよ」

「え？　――え？」

「むかつく。あー。俺ばっかり好きになってる感じで、すっげーむかつく！」

責める言葉とは裏腹に、中に埋められたままのものがどんどんと熱く大きくなっていくことに、しのぶは狼狽える。

「お、怒ってるんですか?」

「怒っていいのは、あんただろ!　……でも、そうならないのがしのぶなんだよな。ああもう。わかった。初めてのときの詫びで、これからはできるだけ、あんたの望みに沿うように抱く。自分本位なことはしない。優しく、丁寧にするし……場所も、考える。……次からは」

しのぶの耳元でぶつぶつと、どちらかというと自分自身に言い聞かせているような言葉を呟いている心矢の背中にそっと手を回した。

「あの……、俺の望みは、心矢さんの望むように、抱いてもらうこと、ですよ?」

だから、あんまり考え込んだり、無理しないでくださいね。

考え込むことで己にストレスをかけ、勃起不全になった心矢が、その二の舞になっては困ると、しのぶは本気で心配して言ったのだが。

それは杞憂で、心矢の雄はまだそうなるのか、これでもかとばかりに、さらに嵩を増してみちみちっとしのぶの媚肉を押し拡げた。溢れた精液が腿を伝う。

「あん、また……っ」

「だからっ、あんたってやつは……ああもう、しらねえからな!」

優しく丁寧にと言ったばかりの唇が、そんなことどうでもいいとばかりに、しのぶの唇に噛みついてくる。

この苦しいくらいの愛され方がちょうどいいなあなんて、思い始めている自分はまずいかもしれない。そうと認識しながら抜け出せないのは、恋もフェチも、同じなのかも……。

しのぶは心矢のキスに溺れながら、そんなことを考えていた。


数日後。

映画館の前で、しのぶと心矢は犬も喰わないと喩えられそうな喧嘩を繰り広げていた。

「俺だけが好きって言っただろうが！」

「い、言いましたけど、それはそれ、これはこれ、といいますか……。心矢さんは心矢さん、新屋さまは新屋さまで……」

「はあ？　俺は俺――って、あの言葉、こういうときにも使うのかよ！」

卑怯だろうがとなじられ、ううっと小さくなるしのぶの腕の中には、新屋さまの新作映画のパンフレットがしっかりと収まっていた。

晴れて正式に、恋人として付き合うことになり、この日はデートで映画を観に来ていたのだが――好きな映画を選べよと言った心矢は、しのぶが迷うことなく新屋さまの映画を選んだとたん、激しく機嫌を損ねてしまった。しのぶのせいではあるのだが、心矢は新屋さまに対しては、複雑な感情を持っているようだ。

それにしたって、好きな映画を選べと言ったのは自分のくせに、そうしたらぷりぷりと怒るなんて、話が違ううえ心が狭い。……という本音はどうにか押し込めて、しのぶは説得を試みる。

「心矢さんが好きなのと、新屋さまの唇が好みなのは、別問題でしょう？　俺の一番は心矢さんですよ。恋してるのは心矢さんだけ。ね？」

「……なにが、ね？　だ」

と言いつつ、しのぶが小首を傾げてじっと見上げれば、心矢は僅かに、怒りを解いたようだった。大きく息を吐き出してから、しのぶの肩をぐいっと引き寄せる。

「——覚えてろよ。俺以外の男によそ見したこと、あとでたっぷり後悔させてやるから。……気絶するまで抱いてやる」

とんだ不埒な宣言を耳元でされて、心臓がどきんと跳ねた。

心矢は、ふん、と鼻を鳴らしてしのぶを離すと、ずんずんと映画館の中へ進んでいった。自分的に面白くないからといって、しのぶを放って帰るということはしないあたり、いついかなるときも思いやりを失わない心矢らしい。

けれど、二人きりになったら、甘くて濃厚なお仕置きが待っていることだろう。想像するだけで身体は熱くなってくる。

正直——映画はやめにして、もう家に帰ってもいいかも……。彼のあれで、たくさんいじめて可愛がってもらいたい。こっそりとそう思ったが、さすがにそれを言うのは憚られて、一人照れる。

気を取り直すと、先を行った心矢の背中を追いかけるべく、しのぶは足を踏み出した。

恋人たちの密（みそ）かごと

薄曇りの冬空の下、都心部のとあるビルから出てきたしのぶの足取りは、ふわりふわりとお花畑を彷徨っているかのようだった。

「俺は今日死ぬかもしれない……」

幸せすぎて……と、うっとりと言葉を口の中で転がす。今までの人生で今日ほど光輝いていた日はない。なんたってとうとう、神と崇めてやまない人物——新屋ユウトさまと、直接対面してしまったのだから。

たった今しのぶが出てきたビルは、アパレルショップや飲食店も入った若者に人気のスポットだが、最上階には広いイベントスペースがある。そこで今日行われたのが、新屋さまのファンクラブ発足記念イベントだった。内容は握手会とツーショットチェキ会。大勢の第一期会員の中から抽選で二百名が選ばれ、しのぶもその内の一名だった。信じられない幸運と言っていい。スタッフに急かされながら、新屋さまと三秒ほど握手して表情を作る間もなく写真を撮られるという慌ただしさだったが、生で見た新屋さまの唇はしっかりと網膜に焼き付いている。

「憧れの男とのおデートは楽しかったか?」

しかしその感激は一瞬にして吹っ飛ぶこととなる。今一番会いたくない、いや会ってはならない人物の声が、背後から聞こえたからだ。まさか……と震えながら振り向くと、見慣れた黒のライダースジャケットにダメージジーンズ姿で仁王立ちしている男と目が合う。その野性味溢れる色気と強烈なオーラは、人混みの中にあっても圧倒的だ。

「し、心矢さん……」

しのぶは青ざめ、チェキ写真が入ったショルダーバッグを反射的に抱え込んだ。新屋さまに並々ならぬ敵意を抱いている彼に、今日のイベントのことを知られるのは非常にまずい。そう思い秘密にしていたのに、どうしてここに彼が現れるのか。

「数日前からあんたがそわそわして、なにかを気にしてたことなんざ、お見通しなんだよ」

不敵な笑みを浮かべた心矢が、ゆったりとした足取りで近づいてくる。

「あんたが浮かれてるってことは、まず新屋さま絡みだ。当たりをつけてからネットでチェックすれば、大体察しはつく。仕事が終わって駆けつけてみたら——案の定だ」

ううと呻くしかないしのぶの手をがっしりと握ると、心矢は「浮気者にはお仕置きだ」と不穏な一言を漏らして歩き出した。

「う、浮気だなんて大袈裟な……。とりあえず落ち着きましょう、ねっ？」

しのぶの言葉に心矢は耳を傾けず、すぐ近くの駐車場までずるずると引っ張っていく。大通りから一本脇に入った路地に面したその場所は、人気はなく駐車している車もまばらだった。

心矢は白いミニバンの前で立ち止まると、ジーンズの後ろポケットからキーを取り出し、ドアを開けた。有無を言わさずしのぶを後部座席へと押し込む。

「あ、あの、この車は……」

「うちの事務所の社用車。裏方仕事になってから、わりと使ってんだ」

心矢も続いて後部座席へ乗り込み、ドアとウィンドウのカーテンを閉めながら答えた。

「スタジオに荷物を運んだり、俳優の送り迎えに使ったり――べつの使い方もあるけどな」

「べつの……？」と首を傾げると、振り向いた心矢が色悪な笑みを浮かべる。

「撮影に使うんだよ。素人スカウトものって知らねえ？　街で素人に声かけて、車の中に誘い込んで、うまいこと誑かしてエッチな行為にもってく、ってやつ。もっとも、本物の素人じゃなくてそれっぽい演技してる俳優だけどな」

「ひえ……っ」

今自分が座っている場所で淫らな行為が行われたかもしれないと知り、しのぶは真っ赤になって後ろに飛び退いた。しかしすぐに背中がドアにぶつかり、心矢が逃がすかとばかりに距離を詰めてくる。

「そうだな。どうせならそれの再現をして、お仕置きといこうか」

耳殻を掠めた愉しげな声に、「へ」と言って上を向く。目が合ったとたん、心矢らしからぬ爽やかな笑顔を向けられて、なおさらに戸惑った。

「今日は撮影に付き合ってもらってありがとうございます。俺が声かけて立ち止まってくれたの、おにーさんだけだったので、ほんと助かりました」

「え、あの……」

「撮影っていってもこのとおり俺と二人の気楽なものなので。とりあえずは簡単なインタビューから——あ、その前にコート脱ぎましょうか。この車暑いですよね」

「あの、あの……？」

エアコンがついていないのだから車内はむしろ寒いのに、どうしてコートを脱ぐ流れになるのだろう。というか、人が変わったような心矢の態度はいったいどうしたことか。丁寧で感じのいい青年といった雰囲気だが、口を挟ませない強引さもあり、しのぶはおろおろするしかない。あっという間にバッグを引き取られ、ダッフルコートを剝かれ、ついでにさりげなく肩まで抱かれた。

「そんなに緊張しないで……ね？　リラックスしないと、いい顔、撮れないよ」

密着した状態で膝頭を撫でられながら、耳に甘い声を吹きかけられる。距離が近くなったぶん、口調も砕けたものになってきた。

「いい顔って……？」

「——エッチな顔」

くすりと微笑み混じりに、耳元で淫靡に囁かれる。

「おにーさんもわかっててついてきたんじゃないの？　だってそうじゃなきゃ、車の中でちょこっと喋って撮影して、高額謝礼——って、怪しいじゃない」

（これって……素人スカウトものプレイ？　再現って……こういうこと!?）

ようやく状況を把握してかーっと赤面する。心矢の演技や事の進め方が上手いせいもあり、本当に自分がAVの出演者になったかのようで、非常にいたたまれない。

「や、やめましょう、こういうの……」

「やめたい？　本当に？　気持ちいい冒険……してみたくない？」

膝から腿をするりと撫で上げ、ジーンズの上から股間をキュッと掴んでくる。大して力は入っていなかったが、いきなりのことに動揺して、身体がびくんっと震えた。

「――冒険したいって、『コッチ』のおにーさんは言ってるみたいだけど？」

舌なめずりをして笑顔に少しずつ影を落としながら、ベルトとジーンズのボタンを外す。肉感的な唇に赤い舌が這う様は、しのぶにとってなによりもの興奮材料だ。今もその仕草を見ただけで頭の芯が痺れるように熱くなった。チャックを下ろされた瞬間、下着の前窓から『コッチのおにーさん』が元気よく飛び出してくる。決してプレイに燃えたわけでも、性的冒険に意気揚々飛び出したわけでもなく、唇フェチが反応した結果なのだが――心矢にとってはしめたものだろう。「ピンク色のペニスだ。食べちゃいたいくらい可愛いよ」と嬉しげに批評され、半勃起状態のペニスを手のひらで包んで扱かれる。

「あ……っ、そんな、駄目っ、こんな場所で……っ」

唇の魅力にくらくらしながらも、しのぶは羞恥心を捨て切れなかった。今のところ人気はないとはいえ、繁華街の一角でもある。車のロックだってかかっていないし、カーテンにだって隙間はある。いつ誰が通りかかり、興味本位で中を覗かれるかもわからない、かなり際どい状況と言えよう。なのに——腰に纏わりつく甘い快感が邪魔をして、心矢の手を払おうとしてもろくに力が入らない。それどころかたまらない疼きが身体中へと広がり、乳首まできゅうと張り詰める感覚がした。思わず背を仰け反らせると、その反応に目をつけた心矢にセーターと肌着を一緒に捲られる。

「乳首もピンクだ。ぷくう、ってなってる。おにーさんの身体、エッチすぎ……」

露わにされた赤い突起にふうっと吐息を吹きかけられ、「はうんっ」と甲高く鳴く。心矢は唇からチロチロと舌を出し、「ペニスをシコシコされるのと、乳首をペロペロされるの、どっちがいい？」と訊ねてきた。どちらも駄目という意味で首を横に振る。

「両方じゃなきゃ駄目とか、欲しがり屋さんだなあ」

「ちが……はぁんっ」

しのぶの意思表示を逆手に取った心矢が、硬く尖った乳首にねっとりと舌を這わせた。乳頭を小刻みに舌先で弾かれたあと、乳暈ごと唇で挟まれてぐにぐにと引っ張られる。腰骨がとろけそうなほど心地よくて、心矢の手の中のペニスからとぷっと多めの先走りが溢れる。

「あふ、ぁんっ、し、心矢さん、普通にしましょ……っ？　あの、家に帰ってから……っ」

家に帰ってからなんて、プレイに水を差す現実的な発言が気に入らなかったのか、心矢が乳首にカリッと歯を立ててくる。しのぶは悲鳴をあげ、背中を弓なりにした。

「普通の日常じゃ満足できないから、俺についてきたんじゃないの？　あんまり嘘つくようならその口、塞(ふさ)いじゃうよ」

心矢が摑んでいたセーターと肌着の裾(すそ)を口の中に突っ込まれ、目を剝く。「ちゃんと銜(くわ)えてて。出来ないなら、このドアを開けて、手伝ってくれる人を呼ぶけど？」と脅(おど)され、口の力を緩(ゆる)めるわけにはいかなくなる。今の心矢の言うことは、全部冗談に聞こえない。

「ふ、ん……むぐ……う……っ」

心矢は自由になった手の指で、放置されていたほうの乳首を摘(つま)み上げ、しこりを愉しむように押し潰し始めた。もう片方の乳首はわざとリップ音を立てながら吸いしゃぶる。それに混じるのは、溢れた先走りを性器に塗りつけられる粘(ねば)っこい音だ。声を殺されながらの三点責めはしのぶに倒錯的な愉悦(ゆえつ)をもたらす。ふうふうという荒い息も、本当なら叫びたいほどの喘(あえ)ぎも、すべて嚙(か)み締めた上着に唾液(だえき)と一緒に吸い込まれている。

（もう駄目。耐えられない。イく、イっちゃう……っ、こんな場所なのに）

限界を感じ、涙の張った瞳(ひとみ)をぎゅっと瞑(つむ)ると、心矢が突然愛撫を止めた。驚いて目を開くと、にっこり笑った心矢に「汚さないよう、脱ごうか」と言われる。靴(くつ)を床に落とし、脱がせたジーンズと下着をシートの背凭(せもた)れにかけた心矢は、しのぶの左脚(あし)の膝裏に手を差し込んでぐいと持ち上げた。

「わ……っ」

体勢が崩れたことにびっくりして、銜えていたセーターと肌着を離してしまう。シートに仰(あお)

向けで倒れ込んだしのぶは、自分の格好に言葉を失った。達する寸前でストップをかけられたせいで、反り返った性器の先端からはとめどなく愛液が溢れているうえ、後孔は物欲しげにヒクヒクと蠢いている。――その淫らな様を、しのぶの脚の間に身体を割り込ませた心矢がじっと見ているのだ。

「こんなになるなんて――今日初めて会った男に、乳首しゃぶられて、ペニス扱かれて、そんなに気持ちよかった?」

「や、ちが……、言わな……で……っ。見ないで、くださ……っ」

「いい加減素直になりなって。俺をもっと辱めてください、ってさあ……。お喋りできないこっちの口のほうが、よっぽど正直なんじゃない?」

しのぶの望みなどお見通しだとばかりに呟いた心矢は、口を閉じてなにやらクチュクチュと音を響かせたかと思えば、口内に溜めた唾液を後孔へと滴り落とした。

「ひぃんっ! ……あっ……ぁああ」

ぬめぬめとした唾液に侵される感覚に膝が震え、声が裏返る。

「中までぐちゃぐちゃに濡らして、思いきり突っ込んでほしいんでしょ? ほら、こうして」

濡れたその場所に二本揃えた指が突き立てられ、しのぶは「あああっ」と叫んだ。骨ばった長い指が唾液を内部へと押し込みながらしれっと快楽の芽を抉るものだから、いったん消えた悦楽の火花が、また体内のあちこちで弾けだす。

「あっ、んああっ、だめそこっ、ぐりぐりされたら俺……イ……っ」

全身の爪先を丸め、心矢の指を締め付けながら、イく、と叫ぼうとしたその瞬間——車の外で人の足音と話し声が聞こえ、しのぶは息を止めた。

「……誰か来たかな」

心矢の言葉にさらに血の気が引く。そういえば隣は空いていたが、さらに一つ隣には車が停まっていた。その車の持ち主と思われる男が、買ったばかりの新車の魅力を自慢げに語り、一緒にいる友人らしき男数人が「かっこいいな」「ドライブ楽しみ」などと興奮気味に返している。

「……い、いけません心矢さん、指……抜いてください……」

心臓をばくばくさせながら、消え入りそうな声で懇願する。しのぶをじっと見下ろしていた心矢は「……いいよ」と呟いて指を引き抜いた。が、ほっとしていられたのは一瞬だった。

「指のかわりにこれをあげる」

心矢がジーンズの前を寛げ、取り出したペニスを一息にしのぶの蕾に突き刺したのだ。不意を衝く行動に声も殺せず、「はぁああんっ！」と甲高い嬌声を放って背を仰け反らせる。車の外にいる男らの会話がぴたりと止まった気がした。

(気づかれた……っ？)

はっとして唇を嚙むが、そんな焦りを嘲笑うかの如く、心矢に腕を引かれて体勢を変えられる。シートに腰掛けた心矢の脚を向かい合わせで跨ぐ、いわゆる対面座位の格好だ。目線が高くなってウィンドウが近くなったぶん、より外を意識してしまう。慌てて退こうとするが、少し揺さぶられるだけで膝が滑り、そのままずぶりと極太の凶器を奥まで咥え込んだ。

「あふうっ！」

刹那――頭の中がスパークして、しのぶは堪える間もなく射精してしまった。後を引く快楽にレンズの奥の目を見開きながら、合皮素材のシートにパタパタと白濁を散らす。

「あーあ、そんな大きな声あげて、思いっきりお漏らししちゃって。おにーさんのエッチな姿、外のやつら、ガン見してるよ」

ゆっさゆっさとしのぶを揺すり上げる心矢の目は、カーテンの隙間に向いているが、しのぶはそちらを見る勇気がない。嘘、やだ、と泣き言をこぼし続ける。

（俺の声、聞かれてる？　俺が心矢さんの大きいペニス挿れられて、あっという間にイっちゃったところ、見られちゃったの？）

「ん……今、中、締まった……。イったばかりなのに、ペニスもう復活し始めてるし。見られてるってわかって、興奮したんだ？　はは……っ、よかったじゃない、そこにいるやつらだけじゃなくて、AVを買ってくれるお客さんにもいっぱい見てもらえるよ。おにーさんが俺のペニスを突っ込まれて、あんあん喘いでイキまくる姿を……さっ」

「いやっ、ああ、い……や、ぁんっ！」

こんな状況に興奮しているなんて、そんなはずない。そう思うのに、勢いをつけて肉棒を押し込まれ、感じやすい襞を亀頭でぐりぐりと捏ねられると、理性が壊され、怖いくらい気持ちいいという感覚しか残らない。

「ほら見て。外のやつら、ズボンの中に手を突っ込んでオナりだしたよ」

そんなの見たくないと首を横に振ると、素直になれとばかりに意地悪な突きを与えられる。敏感な快楽の芽が、熱く硬い暴力的な雄に容赦なく転がされるたび、目も眩むような悦楽が全神経をビリビリと犯す。

「あっ、ああっ！　う、あ、あんっ……だめ、そんな、強すぎ……ひぃ……っん」

「セックスしてるの見られて感じちゃう淫乱な男です、って認めたらやめてあげる……、ほら……ほらっ。こっちの芽はどう？　感じるんだ……ろっ」

心矢が激しく腰を遣いながら、肌着の裾から手を差し入れ、乳首を摘んでひねる。少し窪んだ乳頭に爪を立ててくりくりと回されると、甘い刺激が弾けて女の子みたいな喘ぎが漏れた。

「あっ、や、んーっ！　きもち、いいの、もうやぁっ、両方一緒にしたら、また……っ」

再び上を向いていた性器の先から、先ほどよりも少なめの精液がぴゅるりと噴射される。

「あーあ。お尻と乳首だけで二回もイっちゃった」

「み……っ、認めるから、もう……っ」

救いを求めるように心矢の首に縋りつくと、「もう一つ認めることがあるよ」と無理矢理顔を覗き込まれる。ぞくりとするほど真剣な眼差しは、しのぶの心まで見通そうとするかのようだ。

「おにーさんの身体を淫乱にしたのは誰？　一番に満足させてあげられるのは――誰？」

静かな迫力に息を呑む。その質問により、素人スカウトものプレイという名のお仕置きの真の目的がわかった気がした。心矢は他の男に現を抜かした恋人を懲らしめ、且つしのぶが優先すべき相手は誰かと、心と身体に教え込まそうとしているのだ。

「し……心矢さん、です……っ。心矢さんにしか抱かれたくない……、心矢さんじゃないと、満たされない……っ」

「新屋さまより？」

「新屋さまより……っ、素敵だから……好きだから……一番、だから……ぁっ」

瞳を潤ませながら懸命に訴えると、心矢がフッと微笑みをこぼす。それはいつもの彼らしい野性味溢れる表情だった。

「そうだ。俺だけだ。あんたは一生、俺だけ見てればいいんだ。俺の腕の中で、可愛く鳴いてりゃいいんだよ……っ」

束縛の感情を、心矢は言葉と行動でぶつけてくる。腰を抱かれながらさらに苛烈な抽挿を加えられ、あまりに激しい突き上げにメガネが揺れ、視界がぶれた。この締め付けがたまらないんだと、情熱的に媚肉に擦りつけられる肉のかたまりはおそろしく熱い。

「やああ……っ、心矢さ……見てる、人が見てる……っ」

「ああ……安心しろ。外のやつらが見てるって言ったのは嘘だ。俺らには気づかないまま、とっくにどこかに行っちまったよ」

その言葉に愕然とする。勇気のないしのぶが外を見られないのをいいことに、心矢は嘘を並べ立て、しのぶを精神的にも追い詰めていたわけだ。それもお仕置きの内だったのだろう。

「あんたの全部が俺のもんだ。喘ぎ声一つだって、他のやつに聞かせてたまるかよ……」

言いながら野獣のように荒々しく攻め立てられる。突き上げられて落下するとき、自重も加わるせいで快感を散らせない。身体はつらいと悲鳴をあげているのに、「あん、あん」と声はひたすら甘く、快楽に貪欲な内壁はねっとりと心矢の分身を包み込む。ここにちょうだい、熱いのをいっぱいちょうだいと、ねだっているかのように。

「あんたの身体を味わえるのは俺だけだ……」

熱っぽい囁きを落とした心矢の唇が重なってきて、喘ぎ声を吸い取られる。逞しい肉棒が潤みきった肉壺を容赦なく掻き回し、分厚い舌が口腔をぐちゃぐちゃに混ぜて、内側からしのぶを壊さんばかりの勢いだ。濃厚な愉悦に、身体も脳も溶けてしまうのではないかと思う。

「っ、おら……出すぞ」

「え……あ、あ、あぁぁぁ……っ！」

腹の中の雄が大きく震えて、夥しい量の精液を撒き散らされる。願いどおりの一撃をもらった媚肉がそれを呑み込もうと必死に収縮しているのがわかった。男の劣情を受け止める行為にも感じてしまい、もうなにも出ないと思っていたペニスの先からちょろりと薄い液体がこぼれ出る。

（三回もイかされた……）

まさに精魂ともに尽き果てた状態で、しのぶはくたりと心矢に凭れた。このまま眠ってしまいたいが、車の掃除をしなくては……。そう思っていたとき、まだしのぶの中にいた心矢が再び動き出した。結合部からごぷっと白濁が溢れ、それを押し戻そうとする雄は、達したばかりとは思えない硬さと質量を保ったままだった。

「えっ、なん……って、あっ、嘘、そんな……っ」

もう指一本動かせないほど疲れ切っているしのぶと違い、心矢は体力も精力もまったく落ちていないように見える。余裕綽々と腰を動かしながら、シートの隅に置かれていたしのぶのバッグの中に手を突っ込み、新屋さまとのツーショットチェキ写真を取り出した。

「まだだぜ、しのぶ、まだだ……。俺を妬かせた責任は重いんだよ」

見せつけるようにして写真に歯を立てる仕草に、ぞくりと震えが走る。

（その責任を果たす前に、俺の命が果てるんじゃ……）

まだまだ消えそうにない嫉妬の炎に、しのぶは息を呑んで、さらなる快楽地獄へと引きずり込まれるのだった。


嫉妬にまみれた心矢のセックスは、いつも以上にしつこくねちっこく、しのぶは途中で気を失ってしまった。それからどれくらい経ったころだろうか。

「ばっかじゃないの！」

男の甲高い声が、しのぶの意識をパチッと覚醒させた。

（ここって……）

視線を動かし、自分が停車した車内にいることを知る。後部座席の背凭れに預けた身体には、きちんと服が着せられていた。汚したはずのシートもきれいになっている。おそらく心矢が後始末してくれたのだろう。

「……うっせえな」

その心矢の声が車の外から聞こえた。どうやらすぐそこで誰かと話しているらしい。カーテンの隙間から見えたのは、心矢の事務所ビルだった。その前に心矢と、しのぶも何度か会ったことのある心矢の同僚の男が向かい合い立っている。男は陽希という名で、現役のＡＶ男優だ。心矢の友人でもあることから、しのぶと付き合うようになったと報告はされているはずだが、フリーダムな彼に『トイレちゃん』とあだ名をつけられたり、思い込みで男優の採用面接を受けさせられそうになったりしたのは記憶に新しい。

「荷物も下ろし終わったのにコソコソ社用車で帰ろうとしてるから、なにかと思ったらさぁ」

その陽希がご立腹な様子で心矢に物申している。

「コソコソ覗き見してんのはてめえだろうが。明日も撮影あるんだろ、さっさと帰れ」

「あっ、ひどい！　公私混同しておいて、なにその態度！　社用車に恋人連れ込んだ挙げ句抱き潰すとか——信じらんない」

　話しているのが自分のことと知り、どきりと心臓が跳ねる。心矢が社用車にしのぶを連れ込んでなにをしていたか、陽希はすでに知っているのだ。身勝手を責められた心矢は頭をがりがりと掻き、「……やりすぎたとは思ってるよ」と呟いた。

「ホントだよ。リアルに気絶させるとか、引くし。どんな性欲してんの」

「……自分でもやベーなって思ってんだよ。あいつのこととなると、とたんに心が狭くなるし、あいつを見てると際限なく欲しくなる。……勃たなかったころがあるなんて信じらんねえくらいにな。マジ、キリがねえ」

（……心矢さん）

　セックスというのは彼にとって、なににも勝る愛情表現なのだろう。元ゲイAV男優という経歴がそうさせるのかもしれないが——彼の場合、愛と性欲が直結している傾向がある。

　愛されている証拠なのだと思えば、この身体の痛みも怠さも、愛おしく感じられた。

　しかし、しのぶを散々抱いてさらには気絶させた後ろめたさからか、心矢にいつもの覇気はなかった。落ちた声のトーンからも、浮かない横顔からも、反省の色が見て取れる。

「やばいと思うなら一日百回でもシコったら？　それか貞操帯つけて性欲管理するとか。あれ、勃起したら痛みが走るから、ヤる気奪われていくらしいよ」

「好き放題言ってんなよ。現実的じゃねえっつの」

「現実的ねえ……。あっ。じゃあいっそ男優に復帰しちゃえば？」

（——え？）

陽希がさらりと口にした言葉に、過敏に反応したのはしのぶのほうだった。

「事務所も潤うし、心矢の性欲も満たされるし、ウィンウィンじゃない。売れっ子のカムバックは大歓迎だよ」

「はあ？　今さらそんなつもりはねえよ」

興味なさげに否定する心矢に、陽希は「つまんないの」と肩を竦める。

男優に……復帰。

（そんなの……考えたこともなかった）

気持ちのない行為を仕事として続けることに疲れ、いっときはストレスから身体に支障をきたしてしまった心矢。商売道具であるペニスが使い物にならなくなったころの彼の荒れようを、しのぶはよく知っている。抜群に相性のいいしのぶの身体を繰り返し抱くことで、心矢の勃起不全は解消されたが、結局彼は男優の道からフェードアウトして裏方に回った。心矢はＡＶの仕事に誇りを持っている。だからこそ、どんな立場であれ、業界に貢献できることは彼にとって喜びであるのは確かだが——。

（欲求不満となれば、話はべつ、なのかも……。裏方より、性欲を発散できる男優のほうがい

いって、意欲が湧いてこないとも限らない……よね）

辞めたころと今とで状況が違うなら——仕事でセックスする意義を新しく見つけられたなら。ストレスなく、回復した勃起力と変わらぬＡＶへの情熱でもって、完全復活を果たせるはずだ。

（そうなったら、俺と付き合いながら、仕事で他の人を抱く……の？）

浮気ではないのだろうが、かといってすんなり受け入れられることでもない。そんなつもりはないと、きっぱり否定してくれた心矢の言葉を疑うわけではないが……。

「あれ？　起きたのか」

運転席のドアがガチャリと開いて、心矢が乗り込んでくる。考えに沈んでいたせいで、いつの間にか二人の会話が終わっていたことにも気づかなかったしのぶは、はっとして身を起こした。とたん、腰に痛みが走って顔をしかめる。

「あ、バカ、急に動くな。寝てろって。身体ギシギシなんだろ」

焦って後部座席に身を乗り出してくる心矢に、「はい……」と正直に頷く。

「このまま俺の家に向かうから、今日は泊まってけ。一人で家に帰って自分のことあれこれすんの、大変だろ？　その状態じゃさ」

「すみません……」

「や、俺のせいだし。悪かったな……嫉妬して、頭に血が上っちまった」

激しい行為の詫びのつもりか、額に優しく唇を押しつけられ、胸がきゅんと甘く痺れた。嫉妬深くて暴走しがちな彼だけれど、本当はとても優しいのだ。この人が好きだと、結ばれることができて本当によかったと、心から思う。

だからこそ……どうしてもさっきの話が引っかかり、危惧の念を抱いてしまう。

幸せと不安は紙一重なのかもしれない。順風満帆に思えた恋人生活に小さな影が落ちたことに、顔を曇らせたしのぶは小さく息をこぼした。

心矢のマンションに到着すると、しのぶはそれはそれは甲斐甲斐しく世話を焼かれた。車から降りるときはいわゆるお姫様抱っこで、食事は帰り際に心矢がテイクアウトしたものを手ずから食べさせてくれ、風呂でも突っ立っているだけで全身を隅々まで洗われた。いつも以上に誠心誠意尽くされ、少し戸惑ってしまったほどだ。

寝るときもやはりお姫様抱っこで寝室へ運ばれた。心矢のトレーナーをパジャマとして借りたのだが、身体のサイズに違いがありすぎるせいで、袖はぶかぶかだし裾は太腿の半分をすっぽりと覆ってしまう。室内は空調が効いているので、下穿きを借りなくても彼シャツならぬ『彼トレ』一枚で充分だ。

「あれ。心矢さんはここで寝ないんですか？」

しのぶをベッドに寝かせるなり、「おやすみ」と言って寝室から出て行こうとしていた心矢に声をかける。

「ああ。俺はリビングのソファで寝る」

しのぶを洗ったあとでシャワーを浴びた心矢は、ゆるっとした下穿き一枚という出で立ちだ。彫像のように美しい筋肉のついた上半身を、淡(あわ)いルームライトの下に晒(さら)している。

「……いつもは一緒なのに」

「そんな残念そうな顔すんな、ただでさえぶかぶかのトレーナーにグッときてんのに、襲いかかりたくなるだろうが」

「お、襲……っ？」

「冗談だ。あんたも疲れてるだろ？」

枕元に歩み寄った心矢が、しのぶの顔からメガネを外してサイドテーブルに置く。

「とりあえず今夜はこれで……おやすみ、な」

身体を折って優しく瞼(まぶた)に唇を押しつけたあと、踵(きびす)を返して寝室を出ていく。パタンとドアが閉まると、しのぶはほのかな熱が残る瞼に指先で触れながら、ベッドに倒れ込んだ。

「遠慮……してるのかな」

ぽつりと呟く。強引なセックスのあとは、とことん甘やかしてくれる……。それはいつものことだし、熱烈に求められるのとはまたべつに繊細に扱われるのも、愛されている証(あかし)だなあとじんとする。けれど今は——。

（……やっぱり、心配だ）

心矢は冗談と言ったが、そばにいれば襲いたくなるというのは、本音なのではないか。まだ全然抱き足りないけれど、自分がひ弱ですぐ気絶するから、手加減してくれたのではないか。もしそうなら、ぶつけきれない心矢の性欲は溜まるばかりだろう。自分と違って若くエネルギッシュな彼が、有り余る性欲をしのぶ以外にぶつける方法を見出すとすれば——やはり、男優復帰しか思いつかない。

不安な思いがいよいよ膨れ上がってきて、しのぶは居ても立ってもいられずベッドを飛び出した。悶々としていても仕方がない。ここはきっちり本人に確かめてみるべきだろう。

しのぶはメガネをかけると寝室を出て、リビングへと向かった。明かりは落とされているが、うっすらと音声が聞こえる。きっとテレビを見ているか音楽を聴いているのだろう。まだ起きているなら話ができそうだと、しのぶはドアノブを引いたが、次の瞬間息を詰めて固まった。

（……えっ……）

ドアの隙間からは、ソファに深く腰掛けている心矢の様子が見て取れた。彼の前にはテーブルがあり、そこに置かれた携帯からは、ＡＶ動画と思しき男の喘ぎ声が漏れている。心矢は携帯を熱心に見つめ、音声の一つ一つに身体をひくひくと反応させながら、ズボンから取り出した性器を自らの手で擦り立てていた。そんな姿から、快感に浸る横顔から、しのぶは目が離せない。

（心矢さんが……オナニーしてる……）

何度も心矢に抱かれ、また心矢が出ているＡＶもいくつか観たことはあるが、彼の自慰するところを見るのは初めてだ。整った顔を苦しげに歪めるのが凄絶なほどセクシーで、暗がりの中にあってもなお美しく輝く唇から、艶めかしい吐息と堪えるような声が漏れるのがたまらなくエロティックだ。おそらく、彼が観ているＡＶよりずっと――。

（なんて色っぽいんだ……）

ドアの隙間から雄のフェロモンが流れ出してくるようで、どきどきして身体が熱を帯びる。

「ぁ……っく……はぁ……」

惚れ惚れする造りの肉体に見合う、形も色も大きさも立派なペニスを、指を絡ませ撫で上げるたびに淫らな水音が立つ。先走りの量が彼の興奮度合いを示している。

寝室に声が届くのを避けるためか、心矢は唇に歯を立てると、眉間に深い皺を刻んだ。扱くスピードが上がり、まるでしのぶに雄を突き立てているときのように、腰も揺らめきだす。親指で先端の赤黒い肉をグチグチと抉りながら、残りの指で括れ部分をキュッと締め上げたとたん、汗の浮いた胸の筋肉がビクッと反応したのがわかった。間を置かずして、隆々と聳え立った心矢の肉棒は白い飛沫を上げた。締まった腹筋に欲望の跡を散らしていく。

（すご……い）

達するときの心矢の顔を、こんなにも冷静な状態で見たことなどないから、とてつもなく興

奮した。その反面、こっそり自慰に耽るなんて、やはり心矢は日中のセックスでは飢えを満たせなかったのだ……と、切ない気持ちが湧き起こる。

そのとき、ソファの背凭れに寄りかかってぼんやりと天井を仰いでいた心矢が、小さく言葉を漏らした。

「男優……か」

（え……）

どきり、とする。――今のはいったいどういう意味か。続く言葉に身構えるが、心矢はなにかを深く考え込んでいるような、悩ましげな顔つきで黙りこくっている。そんな姿に、しのぶはひどく胸が騒いだ。

（もしかして心矢さん……また男優やるのもいいかも、って……思い始めてる……？）

しのぶとの行為でも、自慰でも得られない――めくるめくようなエクスタシーが味わえる男優の魅力を、今まさに再確認しているのではないだろうか。しのぶは動揺したまま寝室へと戻った。ベッドに突っ伏して、今見た光景を反芻し、打ちひしがれる。心矢を責めたい気持ちにはならなかった。原因は自分の至らなさだ。

（あんなこと言わせて。それに、自慰までさせて……）

心矢はセックスを商売にしてきた人だ。溜まる暇もなく、自慰などする必要もなかったのではないかと思う。その心矢が……元ゲイＡＶ界の帝王に君臨していた男が……あんな。

（俺のせいだ。俺が……満足させてあげられないから）

話をして確かめるまでもなく、それがわかってしまった。胸がぎゅっと締めつけられる。

大好きなのだ。愛しているのだ。彼の飢えをすべて満たすのは自分でありたい。ＡＶを観ながらオナニーするくらいならいいけれど、その発散方法が仕事に向くのも時間の問題かもしれないと、本格的に危機感が募る。

（どうにかしないと）

しのぶは伏せていた顔をがばっと上げると、サイドテーブルに置いてあった携帯を手に取った。ネットに繋ぎ、検索欄に『性欲』の二文字を打ち込み、表示されたサイトに片っ端から目を通し始める。

それを眠らず朝まで続けた結果――しのぶはひどく落ち込んでしまった。

仕入れた様々な情報や知識から、二十代前半は性欲のピークかつ、唇が厚い人は性欲が強い傾向にあることがわかった。唇の厚さについて医学的根拠はないものの、そうと伝える記事は一つや二つではなかったし、確かに誰もが知っている有名人の顔を思い描いても、唇がぷるるんとしている人はエロティックだ。心矢に至ってはエロスのかたまりだ。

（それに比べて俺は……）

ベッドの端に腰掛けていたしのぶは、前方の壁にかかった姿見に己の顔を映した。疲れに寝不足が重なり、いつも以上にひどい顔だ。三十路手前で弾けるような肌艶もない。唇だって薄くて、枯れ葉のようだ。

年齢差、ビジュアル差、体力差、性欲差……自分と心矢との間には溝どころではない深くて大きな川が存在しているとわかり、意気消沈する。そのとき、控えめなノックの音が響いた。

「しのぶ？　起きてるか」

ガチャリと寝室のドアが開いて、心矢が顔を見せる。まだ六時にもなっていないというのに、彼はすでに外出着に着替えていた。昨日あれだけしのぶを抱いて、夜には自慰までしていたというのに、疲れた様子はなく肌もぴちぴちしている。

「眩しい……」

——若さと性欲が……。

思わずぽつりと漏らしてしまったしのぶに、心矢が「あ？」と訊き返した。焦って首を振る。

「な、なんでもないです。おはようございます」

「ん、はよ。あんた、今日は普通に仕事だよな？　俺、午前中に遠方でロケ入ってて、付き添わないといけねえしもう出るわ。しばらく立て込むから家にも帰れねえと思う」

驚いて「大変ですね」と言う。気遣い屋の心矢らしく「あんたを送ってく時間くらいは取りたかったんだけど、わりぃな」と謝られ、そんなことはないと首を振る。

「俺なら大丈夫なので、気にしないでください。鍵はポストに入れておきますね」

「朝食はどうする？」

「出社前にどこかのカフェにでも入って食べます」

「そっか。ああ、見送んなくていいから。出かけるときは気をつけろよ」

歩み寄りサイドテーブルに予備の鍵を置いた心矢が、身を屈めてしのぶに口づける。ふわりとした優しいキスをかわして、「いってらっしゃい」「いってくる」とひとときの別れを告げる。

（……しばらく会えないのか）

キスの余韻に浸りながら、寝室を出ていく心矢の背中を物寂しげに見送っていたしのぶだったが、ふと——胸に不安が過った。

会えない間、心矢はどう性欲を処理するのだろう。昨日たっぷり愛し合ったとはいえ心矢のことだ、数日も空けば溜まってしまうのは想像に難くない。

自慰だけで足りるだろうか。いや……いや。

頭がぐるぐるするのは、今はすべてのことが男優復帰に繋がる気がして、心配でたまらないからだ。

（せめて今ここで、出来るだけ、発散していってもらえば……っ）

居ても立ってもいられなくなり、しのぶは寝室を飛び出した。

「……心矢さん、待って……！」

呼び止めると、玄関で靴を履いていた心矢は驚いた顔を上げた。

「なんだ？　どうした」

「あの……っ」

心矢の前に立ったしのぶは視線をうろうろさせた。——出発前に一発抜いていってください、と言葉にするのはさすがに避けるべきだろう。理由を訊かれて、俺を信用していないのか、と機嫌を損ねられるのも困る。しのぶは緊張に喉を鳴らすと、ゆっくりとラグの上に膝をついた。

「あの……朝ご飯を……いただこうと、思いまして……」

心矢のジーンズに手をかけ、緊張の面持ちで言う。ベルトとボタンを外し、ちりちりとチャックを下ろしていくと、心矢が唖然とした顔になった。

「おい……寝ぼけてんのか？　今あんたが開けてんのはカフェのドアじゃねえんだけど」

「わ、わかってます。でも……」

下着の布地の上から、指で膨らみをふにふにとつつき、ちらりと心矢を上目遣いで見る。そこはまだやわらかいが、それでも十二分な質量を誇っていた。

「ここにあるミルクが……欲しくて」

心矢が大きく目を見張る。やはりこういうエッチな類の台詞が好きなのかもしれない。

（俺、そういう機転、きかないしな……）

それも反省点としながら、いただきます、と緊張気味に言って下着を押し下げる。露出させた肉茎を横向きに咥え込み、はむはむと甘噛みすると、心矢がうっと息を詰めた。

「お、い……っ。どうしたんだよ、いきなり……」

しのぶがこんなことをするのは変だと思ったのだろう。心矢はそっとしのぶの髪の中に片手を差し入れ、掻き回した。彼の戸惑いを打ち消すため、亀頭にねろりと舌を絡めて吸い上げると、心矢が腰をぶる……っと震わせた。

「それ……、じれっ……てぇ」

緩慢(かんまん)な愛撫を、心矢は吐息混じりにそう評する。でもそれが悪くないことは、鼻腔を刺激する雄の匂いや色っぽく掠れた彼の声から明らかだ。拙さも感度を上げるスパイスになるのか、心矢の性器はあっという間に口の中に収まりきらないサイズになり、しのぶの唇を割って勢いよく外へ飛び出した。鞭のようにしなる肉棒に頬を打たれ、衝撃でメガネがずれる。

「っと、わりぃ」

「えと……その……、だい……じょうぶ、です」

メガネの位置を直すことも忘れ、呆然と返す。少し舐めただけでこの力強い勃起力。昨日の射精回数など関係ないのか、やはり心矢の精力は尋常ではない。

「お……っきい」

そんな今さらな感想が改めて口からこぼれる。「誰のせいだ」と苦しげな顔で唸る心矢を見て、心に慈愛が満ちる。「俺のせいなら、嬉しい、です」と囁いて先端に口づけると、心矢の眉間の皺が深くなった。子猫のように小さい舌でぺろぺろと亀頭を舐め回し、溢れる先走りを拭(ぬぐ)い取ると、えぐみのある味がしたが身体はなぜか興奮を覚えた。

「乳首……勃ってんな」

深い襟ぐりから、心矢がもう片方の手を差し入れてくる。乳首をキュッと摘まれ、しのぶは鼻から抜ける声をあげた。潤んだ目で心矢を見上げると、悪戯な手は乳首から離れていく。

「そんな責めた目で見んな。わかってるよ、あんたがまだ回復してないのは。顔色見りゃな」

それでなんでこんなことしてくれんのかね、今日は雪でも降んのかとクスクス笑う。その余裕が悔しくて、重みのある袋を手のひらで包んで中の玉を転がしながら、鈴口(すずぐち)に舌先を突っ込んだ。ぐりぐりと中を抉るようにして、中にあるものを——熱い精液を——一心不乱(いっしんふらん)に求める。

「……この、やろ……っ」

直接的な刺激を受け、さすがの心矢の声色からも余裕が消えた。しのぶの髪に差し込んだ手にぐっと力がこもる。

もっと気持ちよくなって。もっと乱れて。俺で……満たされて。

ひたむきな気持ちがしのぶを突き動かす。

先端から心矢の雄を口内に沈めていく。律動に合わせ、張り出たエラがやわらかな頰の内側を抉り、硬い先端が喉の奥をぐぐっと突く。長いこと口を大きく開けすぎて、顎が怠くて仕方がない。どれも物凄く大変で、とても苦しいのに——同じぶんだけ愛(いと)おしい。

「しの……っぶ、いいぞ……」

蠢(うごめ)く血管の一本一本に舌を這わせ、熱い皮膚に唇を押しつけて吸い上げ、逞しい竿(さお)を出来るだけ深く頬張って音を立ててしゃぶる。心矢が感じ入った声で褒めてくれるのが嬉しくて、胸がきゅんとすると同時に下半身がじわっと熱くなった。自分も心矢も、勝手に腰が揺らめきだす。繋がっていなくても一つの快楽を分かち合っている、貪り合っている。その事実にたまらなく気持ちが昂る。

「ん……ふぅっ……んっ」

律動のイニシアチブが心矢に移ると、しのぶは右手をトレーナーの内側に、左手を下着の中に差し入れた。乳首と性器に自分で刺激を与えて、その快感に瞳を濡らす。最後は二人で迎えたい――。

目と目が合う。背筋がぞくりと震えるほどの愉悦を感じ、握っていた陰茎から少量の精液が散った。「んっ」と喘いだ拍子に、喉奥で心矢を強く締めつけてしまう。

「う……はぁ……っ」

次の瞬間、口内で欲望が爆ぜ、大量の精液をぶちまけられる。出し切るまでずっとペニスはびくんびくんと跳ね回り、しのぶを涙目にさせた。それでも自分が与えた快感でイく際の男の艶めかしい顔を見つめるのは、なにものにも代えがたい幸福の一瞬と言えた。

「出せ……よ」

ペニスを引き抜き、心矢がそう促す。けれどしのぶはいやいやと首を横に振って、出されたものをすべて呑み込んだ。

「なっ、おい、マジかよ……っ」

「けほ……っ、ん、だ……って、ミルクが欲しいって言ったのは……俺ですもん」

呆然とする心矢の雄が平常時のサイズに戻っているのを確認し、ほっと胸を撫で下ろす。これだけたっぷり出せば、少しは満足してもらえただろう。

「……よかったですか?」

上目遣いでしのぶが訊くと、心矢は憮然と答えた。

「……よくないわけ、ねえだろ。……あんたにしゃぶられてんのに」

後頭部をがりがりと掻く、照れ隠しの仕草を目にして、さらに安堵する。

心矢はそのあと慌ただしく家を出ていった。見送った直後に、しのぶは糸が切れたように廊下にへたっと座り込んでしまう。

「……うう。しんどい……」

フェラしただけで挿入されていないのに、このザマだ。心矢はフットワークも軽く出かけていったというのに、自分は立ち上がる気力さえ起こらない。

やはり――このままというわけにはいかない。

今みたいな行き当たりばったりのやり方では、いつかは体力、策ともに尽きる。生半可ではない帝王の性欲を受け止めきれる『器』に、なるべく早急に、どうしてもなる必要がある。

(心矢さんのために……俺、頑張る)

しのぶは小さく拳を握りしめ、密かに意志を固めたのだった。

しのぶはまず、体力作りに乗り出した。タイミングよく会社近くにジムがオープンしたばかりだったので、そこに入会した。仕事帰りでも通えるのと、インストラクターという肉体改造のプロに教えを乞うことができる、二重の利点がある。

肉体ときたら、次は頭脳だ。決定的に足りないエロ方面の知識をどうするか。

こちらは大量のＡＶを観ることで学んだ。どんな仕草や言葉が効果的か、男を感じさせるテクニックにはどういったものがあるか——ありとあらゆるジャンルのＡＶを観て観て観まくり、内容を脳にコピーする。ときには羞恥を堪え、一人二役でシミュレーションもしてみた。

ビジュアルはもう生まれ持ったものだし、画面映えするＡＶ男優と比べて見劣りするのは仕方ない。ならばせめてと、しのぶはメガネをやめてコンタクトに変え、髪型も若者に人気の美容室でおしゃれな感じに整えてもらった。前に心矢が、七三とメガネがなければわりと可愛いのにと言ってくれたことを思い出したからだ。

そうして、些細だけれど必死の努力を日々重ね、十日ほど経ったころだ。

会社帰りのジム通いはほぼ日課となっていて、筋肉痛もお友達のような存在となっていた。今はまだ体力をつけるどころか搾り取られる段階で、へろへろとした足取りで帰路へとついたしのぶは、アパートの部屋の前にすらりとした人影があるのを見つけて驚いた。

「心矢さん……!?」

おう、と手を上げて応える心矢のもとへ、しのぶは慌てて駆け寄った。

「お、お疲れさまです。いきなりいらっしゃるから、びっくりしましたよ……！　お仕事、もういいんですか？　落ち着きました？」

「ん、ようやくな。わりぃな前もって連絡入れなくて。ここで待ってればすぐあんたの顔見られるかと思って――……」

心矢はふいに言葉を途切らせると、不可解そうに眉を寄せ、まじまじとしのぶを見た。

「つか……あんた、その顔どうしたんだよ」

「顔？」

「七三とメガネ」

そういえばコンタクトと自分比でおしゃれへアスタイルにしてから、心矢と会うのは初めてだったか。彼の感想が気になり、しのぶはもじもじとしながら答えた。

「俺にはちょっと敷居の高い美容室に行きまして……あと、コンタクトにしたんです」

「は？　なんで」

心矢は驚いてもいるが、少し怒っているようだった。それこそなぜだろうとしのぶは戸惑う。

（会社の人やお客さんは、こっちのほうが絶対いいって言ってくれたんだけどな……）

黒目がちな大きな瞳や、ふんわりと長い睫毛が強調され、童顔に拍車がかかるのではないかと自分では不安だったのだが、周囲の評判はよかった。だけど、心矢は違うのだろうか。

「……変、でしょうか？」

不安な気持ちも、メガネという遮蔽物(しゃへい)がないぶん、透(す)き通った瞳が潤むことで如実(にょじつ)に伝わる。

心矢は「うっ」と息を詰め、僅(わず)かに頬を染めた。

「……変じゃねえ。似合うよ。……似合うけど」

「けど？」

「微妙に充血してんのがエロい。そんな目で見つめられたら、周りが発情するだろうが」

「え、エロ……って。まだ目が慣れなくて、そのせいですよ」

それでも裸眼姿にエロスを感じてくれたなら、効果はあったということだ。怒ったような反応は、似合わないせいではなく嫉妬だともわかったので、自分磨(みが)きは滑り出し上々と言えるだろう。うきうきしながら「さあ、お疲れでしょう。中へどうぞ」とドアの鍵を開けた。

「なあ、なんで七三とメガネやめたんだよ。今まで変えたいとか言ってなかっただろ？」

部屋の中に入ったあとも、心矢はなぜかそこに食いついてくる。エアコンのスイッチを入れていたしのぶは密かにぎくりとした。

「ま……前に心矢さんにダサいって言われちゃったので……」

あなたを男優復帰させないための自分改造計画の一つです——とは言えず、当たり障(さわ)りのない答え方をする。心矢を自分以外の人とセックスさせたくないから必死になっているなんて、恥ずかしくて打ち明けられやしない。それにもしも、僅かでも、心矢が男優の仕事に未練を感じているのなら――しのぶのやっていることは、ただの邪魔と言えよう。心の狭いやつだ、重くて鬱陶しいと、心矢に思われるのはいやだった。彼の前では、魅力的で物わかりのいい恋人でいたい。それも我儘の内とわかっていても――だ。

「なんだよ、俺のせいってことか？」

「せいとかじゃないですって。好きな人には……心矢さんには。少しでもよく思われたいから……」

しのぶが照れつつ言うと、心矢はそのいじらしさにやられたように「う……」と唸って黙り込む。まだなにか言いたげではあったが、それ以上の質問はしてこなかった。

しのぶはほっとして話題を変える。

「そうだ、お腹は空いてませんか？　昨日の残り物でよければ肉じゃががありますよ」

冷蔵庫にあるものやすぐに用意できそうな献立を挙げながら、心矢の背後に回りジャケットを脱がせてやる。狭い部屋なのでハンガーラックなどは置いていない。代わりの役目を果たしている突っ張り棒に吊そうと、ジャケットをかけたハンガーを手に背伸びすると、ふくらはぎに痛みが走った。

「いたっ」

「どうした？」

「いえ、ちょっと筋肉痛で……」

「筋肉痛ぅ？　そういや帰ってきたときへろへろ歩いてたな……もしかして、一日中外回りだったとか？」

　またしても、ぎくり。

「そ、そうなんです、はい」

「だったら汗掻いただろ。メシの前に風呂、入ってきたら……」

しのぶの頭に顔を寄せて、クンと鼻を動かした心矢は、「……ん？」と怪訝な声を出した。

「全然、汗の匂いしねえな。むしろイイ匂い……つか、あんたどこかで風呂入ってきた？　いつもと違うシャンプーの香りがするんだけど」

　さらにさらに、ぎくり。

「あ、いっ、いえ。変えたシャンプーの香りがきつくて、それかも。俺には合わないなって思ったので、朝捨てちゃいましたけど」

　いつもと違うシャンプーの香りは、ジムでシャワーを浴びてきたためだ。そんな細かいところにまで気がつくなんて、鋭いにもほどがある。

（こ、これ以上追及されたらぼろが出ちゃう）

　それを避けるため、しのぶは行動を起こした。心矢の首に腕を回し、背伸びして唇を押しつける。稀なしのぶからのキスに、言葉を封じられた心矢は目を閉じることもせず驚いている。

「……でもね、俺は心矢さんの匂いが一番好きです」

唇を離し、濡れた息を吐く。

「シャンプーも、汗も、体臭も……。嗅ぐだけできゅんとするし、会えない間も、ずっと思い出してました……」

目と目を合わせたまま、一歩後ずさり、自分のスーツに手をかける。

「淋しかった……。今すぐ俺を、心矢さんの匂いでいっぱいにしてくれますか……?」

息を呑む心矢の前で、一枚一枚、わざとゆっくり服を脱いでいく。肌を見せるときは焦らすように。すると男は獲物をちらつかされた肉食獣みたいに落ち着きがなくなる。いくつかのAVで観たシーンだ。

(今こそ、AVから得た知識を使うときだ)

こっそりとやる気を燃やしながら、最後の一枚であるパンツを床に落とし、全裸になった。

ほっそりとした肢体、清らかな白い肌、桜色をした控えめな胸の突起を、心矢の視線に晒す。

どきどきと騒ぐ心臓を意識しながら、しのぶはゆったりとした仕草でベッドに膝をついた。

心矢に尻を向ける形で、四つん這いの姿勢になる。後ろへ手を伸ばし、指で蕾を広げてみせる。

「見て……ここ、心矢さん。クパクパしてるの、わかります……? 心矢さんのが欲しくてたまらないって、俺のここ、切なくなってるの……」

「クパ……って、なぁ……」

動揺しているのか、心矢の声が上擦る。でも視線はしっかりといやらしい孔に注がれているのがわかったから、しのぶはさらに勇気と知恵を振り絞ることにした。

「俺のここ、こんなにちっちゃいけど……ちゃんと心矢さんの大きい、ち……ぽ、咥え込めるんですよ……。ね、いい子でしょ？」

淫らな仕草や台詞だけじゃない、ＡＶに出ていた俳優の妖艶な表情まで真似ながら、舐めて濡らした中指を蕾に沈める。「ん……っ」と漏らした甘い声に、心矢の肩が微かに動いた。

「ぁん……奥まで入る……っ」

根本まで差し入れた指で円を描くように回すと、内壁が捏ね回されるクチクチという音が響く。淡い快感にざっと毛穴が開き、汗が滲んできた。

「きもち、けど、自分の指じゃ……足りない……。心矢さん、手伝ってくれます……っ？」

潤んだ瞳で懇願すると、戸惑いの表情で近づいてきた心矢が、ベッドに片膝をついた。

「なに……どうした。今日は随分おねだり上手だな？」

自分の中指を口に含んで濡らし、すでに先客のいるしのぶの蕾に押し入れる。しのぶは「あぁ……っ！」と鳴いて身体をくねらせた。これで咥え込んだ指は二本だ。花環がめいっぱい引き伸ばされる。自分と心矢の指が一緒に入っている感覚は、苦しさの他に得も言われぬ興奮を呼び起こす。長さも太さも、肌の質感さえ、なにもかもが違う心矢の指が肉壺を巧みに攻める。指の腹で襞を擦り、指先を少し曲げて前立腺を小刻みに嬲り、ゆっくりと引いたかと思えば——勢いよく、奥まで突き入れる。先の読めない動きでしのぶを快楽の海に突き落とす。

「あふうっ！　んっ、あ、ふぁ……ああっ！」

もはや自分の指を動かさずとも、心矢の一部を体内に入れているという事実だけで、深い恍惚感が全身へと染み渡る。心矢が片手でジーンズの前を寛げる様を、尻を揺らしつつ見つめる。

「心矢さんの指、好き……っ。ねえ、このまま乳首も……きもちよくなっても、いい……っ？」

いいかと訊いておいて答えも待たず、シーツの上にあった手を近くの枕に滑らせる。引き寄せて胸元に抱え込むと、ゆっくりと身体を前後に動かした。枕にこりこりと乳首が擦りつけられ、後孔の刺激と合わさって、喜悦が何倍にもなった。

「あ……っん！　どうしよう俺、心矢さんの指を使って一人エッチしてるみたい……っ、いやらしいよぅ、でも、気持ちよくて……止められないよぉ……っ」

しのぶを指で攻めるかたわら、取り出した自身の性器を扱いていた心矢の動きがぴたりと止まる。

「……どうも調子が狂うな。まさかとは思うが……」

おねだり上手の域を超えるしのぶの痴態に、訝しげに双眸を細めたあと、しのぶの手首を摑んで蕾から指を引き抜かせる。そして埋めたままの自分の指で、花環を横に引っ張り孔を広げると、そこに火照った猛りを押しつけた。

「あの、心矢さ……待って」

しのぶは困惑する。

「挿れるぞ」

「駄目っ、心矢さんの指、入ったまま……っ！」

「それがどうした」

心矢がぐいっと腰を進める。花環がさらに、歪んだ形で引き伸ばされた。

「あ……あぁぁぁ……っ！」

強引にもほどがある挿入だ。いつもは楚々と閉じている可憐な孔に、長い指と太い肉棒、その両方を捻じ込まれているのだから。あまりの衝撃に、しのぶは枕に顔を押しつけるようにして突っ伏した。腰を高く掲げる格好になると、心矢のモノがさらに奥まで入ってくる。肉襞を思い切り捲り上げられる感覚がたまらない。

（きもちよすぎて……くるし……っ）

大好きな男の熱い楔に串刺しにされる悦びに、四肢も内部も激しい痙攣を起こす。

「……っん、ナカの反応は、ウブなままだな。……誰か咥え込んだってわけじゃねえのか」

なにやら確かめるように呟き、ほっと安堵の息を吐いた心矢が、そこから本領発揮とばかりに動き出す。きつい締め付けなどものともしない。ペニスを完全に抜ける寸前まで引き、勢いよく奥に叩きつける動きを、素早く力強く繰り返す。

「ひぃあっ」

どちゅんっ、と奥を突いた暴力的な形をした亀頭が、腹の中をこれでもかというほど掻き回し、カウパーを摺り込ませる。一方では気ままに動く指に翻弄された。とくに蕾の縁に指先を引っかけられたり、指の腹でぷりっと膨らんだ快楽の種を転がされたりすると、切羽詰まった悲鳴があがる。性器はいつの間にか腹につくほど反り返っていて、先端からとろりと滴ったものがシーツに小さな水たまりを作っていた。

「っおい、いいのか？　あんたのアパート……壁、薄そうだけど……よっ」

心矢がようやく指だけ抜いて、その手でしのぶの足首を掴み、ぐるりと身体をひっくり返す。仰向けの体勢で心矢を見上げたしのぶは、息を荒くしながら、その言葉に一番ぴったりな返答を脳から引き出した。安アパートが舞台のＡＶは結構あり、参考になるのだ。

「んん……っ、だったら口、塞いで、ください……」

足首から離れた心矢の手を、今度はしのぶが掴んで、自分の口元へと引き寄せる。指先を齧りながら、赤く綻んだ結合部を見せつけるように、両脚を大きく割り開いた。

「ぁん、声、殺して……。それから、んっ……下の口も、心矢さんのマ――」

――マグナムで撃ち抜いて、俺をイカせてください。

とっておきの一言を口にしようとしたものの、面と向かっての姿勢となると、とたんにぶわりと羞恥が膨らんで、思わず我に返り真っ赤になってしまう。まぐ、まぐ、と何度か呟いたが、やっぱり駄目だった。ＡＶ男優みたく振る舞うにはまだまだ鍛錬が足りない。

「ご、ごめんなさい……。ちょっと、心の準備するので、時間いただけますか……っ」

「おいおい、今になって照れんのか。ここで準備もくそもねぇだろ。……ま、いつものしのぶって感じで、安心したけど」

優しい微笑みをこぼした心矢が、「んじゃ、お望みどおり声を殺してやるよ」と言って、手で口を塞いでくる。その状態で抽挿を激しくされ、ペニスの鞭を振るわれると、もとからあった快感に被虐的な悦びが重なる。怖いくらい気持ちがよくて、背筋がびくびくと戦慄いた。

「ふっ、んん、んんーっ！」

「は……っ、これ、やべぇな。犯してるみてぇ……中も滅茶苦茶締まる……っ」

苛烈な勢いの出し入れに、結合部からずぼっ、じゅぶっ、と耳を塞ぎたくなるような音があがる。目を見開いて実際に見ているのは白い天井でも、赤黒い凶器が花びらを散らして秘肉を踏み荒らしている光景が目の前に浮かんだ。圧倒的な雄の力に、肉体も精神も屈服させられている——なのに悲しくもなければ悔しくもない。

ただ、そう。

（——嬉しい）

彼のものでいられるのが。彼を夢中にさせられるのが。

「うん……っ、ふ、うんん……っ」

頭の両脇のシーツを必死で摑み、激しい揺さぶりに耐える。生理的な涙が次々にこぼれる。

火照った肌を飾る乳首が硬く尖り、張り詰めて勃ち上がった性器がとめどなく透明な雫(しずく)を漏らし続ける。

犯されるように抱かれて、それでもなお、こんなふうに淫らに感じる俺を見て。

(それで……感じて?)

切なく甘い想いを映した双眸をじわりと細める。強かに欲望をぶつける心矢をやわらかな肉で包み込んで、懸命に締め上げることで、愛しているから愛の証をちょうだいとねだる。

「う……はぁっ」

張り出した嵩(かさ)の部分で前立腺をいたぶられると、快楽が強すぎて媚肉が絶え間なく収斂(しゅうれん)する。その動きを味わっていた心矢が、一際激しい腰使いで、最奥に亀頭を潜り込ませた。もう隙間なんて残っていないはずなのに、そこでさらに一回り大きくなって、内壁をみちみちと広げる。

「あぐ……っ」

あまりの息苦しさに、口元を覆う指に歯を立てた刹那——腹の奥で、欲望が爆ぜた。

「ふ……っ」

心矢が首を仰け反らせ、薄目で放埓の快感に浸る。しのぶの中にどくどくと精を流し込む男の顔は、壮絶なほどの色気を放っている。見つめているだけで感極まり、しのぶは声を殺されたまま達した。加えて、熱くどろりとした液体が腹を満たす感覚に酔い、断続的にペニスから精を噴き上げる。一度の射精で何度もイかされる悦び。——これが心矢とのセックスだ。

「……すげぇよかった」

半ば呆然と呟いた心矢が、しのぶの口から手を外す。ゆっくりとペニスを引き抜くと、栓を失った部分からゴボッと白濁が溢れた。それに浮いた多くの細かな泡が、行為の激しさを物語っている。

「大丈夫か」

心矢に肩を抱かれて起こされる。しかし次の瞬間、しのぶは心矢の両肩に手を置いて、今度は逆に彼をベッドに押し倒した。しのぶの意図が掴めず、ぽかんと口を開ける心矢の身体の上に跨る。

「全然、大丈夫じゃないです。……まだ、足りない……」

嘘だ。本当はしのぶはお腹いっぱい足りているし、身体は悲鳴をあげている。気力を振り絞ってリードを握った自分に、拍手を送りたいくらいだ。

（足りないのは、心矢さんのほう。……でしょう？）

言わなくたって、彼が大きな欲望を持て余しているのを知っているから、自分は無理をしてでも頑張るのだ。

「でも、あんた、明日も仕事だろ？　そういうときは身体に堪えるって、いつもならいやがるくせに……」

「大丈夫ったら、大丈夫なんです……っ。……あっふ、ぅ……っ」

案の定、少し手のひらで撫でただけで心矢の分身は完全に漲りを取り戻した。しのぶのモノは萎えたままだが、彼を受け入れる筒があれば、そんなのは大した問題ではない。尻を持ち上げて位置を定め、健気な孔で肉棒の先を食むと、体重をかけてずぶずぶと沈めていく。

「ああ……っ、まだすごく、硬い……っ」

「しのぶ……」と名を呼び、心矢は眉間に皺を刻むと、手のひらをしのぶの腿へと滑らせた。いつもと違って積極的なしのぶの言動に疑問を感じてはいるものの、差し出される快楽には抗えない……そんな複雑な心情が、心矢の表情や声から窺える。

（これで……いい）

理由なんて知らなくていいのだ。心矢は自分に満たされて、気持ちよくなってくれればそれでいい。自分の限界も考えず、しのぶは無我夢中で腰を振り、心矢に快感を送り続けた。


それから二週間ほどが過ぎた。

その日、外回りの仕事が一段落したしのぶは、コンビニでパンとホットコーヒーを買って近くの公園に寄った。昼食を食べ逃したまま、時刻はもう午後三時だ。あまり腹は減っていないが、このあとも何軒か見て回りたい物件と挨拶をしておきたい大家がいるので、無理にでもパワーチャージしておかなくてはならない。しかし空いたベンチに腰を落ち着け、午後の陽だまりにいると、どっと疲れを感じてそのまま動けなくなる。

(さすがに……堪える)

平日休日問わず心矢とセックスをし、仕事で疲れていてもジムでのトレーニングを欠かさず、どんなに眠かろうが次々とAV観賞を自分に課し——慣れないことをこれだけ同時進行すれば、心身ともに相当の負荷がかかる。

(それでも、止めるわけにはいかないんだ。自分に自信が持てるまでは……)

今日だって仕事が終わったら、ジムへ行って、プールへ入ってひと泳ぎして。ランニングマシーンでこの間よりも長い時間、走ってみよう。ああ、レンタルしているAVの返却期限も明日だ。今夜中に観ておかないと……。

うとうとしながら脳内で予定を組み立てていると、そばで「あれ？　もしかして……しのぶちゃん？」と声があがった。名前を呼ばれたことで眠気が飛び、パッチリと目を開く。そこに立っていたのは陽希だ。春を先取りしたパステルグリーンのロングコートを着ていて、それが明るい美形の彼によく似合っている。しのぶは眩しさに目を細めながら挨拶した。

「あ……こんにちは。お仕事ですか？」

「ん？　今日はオフ。このあと人と待ち合わせしてるから、天気もいいし、公園の中ぶらっとしてから行こうかなって思ってさ。ていうか、きみ、メガネやめたんだ？」

陽希が身を屈め、まじまじとしのぶを見る。

「一瞬誰だかわかんなかったもん。随分印象変わったね。前より全然イケてる」

「そ……そうですか？　あ、ありがとうございます……！」

陽希のようなきれいな人に褒められると、やった、という気持ちになる。努力はきちんと実を結んでいる、そう思ってもいいのだろうか。嬉しくてほくほくしていると、陽希が「そういえばさ」となにかを思い出したような口調で言った。

「心矢のやつ、とうとう男優復帰するんだって？　きみ、よく許したね」

なんのことか意味がわからず、ぽかんとする。すると陽希は意外そうに目を瞬いた。

「あれ、もしかして知らない？　まあ俺も人づてに聞いただけだけど、なんでも男優やりたいって社長に直談判して、色々準備進めてるってハナシだよ。だからついに帝王の帰還かって、仲間内では盛り上がってて――」

陽希ははっとして言葉を止めた。しのぶが顔色をなくしていくのに気づいたのだ。

「ま、まあただの噂ね、噂。なにかの間違いかもしれないし。じゃあ――俺、時間だしもう行くね」

やや気まずげな様子で陽希が去っていく。しのぶはかろうじて頭を下げたものの、見送りの言葉も言えなかった。それほどに、今しがた聞いた話に大きな衝撃を受けていた。

（どうして……あのときは否定してたじゃないか。復帰なんて、するつもりはないって）

愛されているから、大事にされているから。負担をかけたくないと、すべての性欲をぶつけてもらえず、心矢が仕事のほうを向いてしまうのが怖かった。それを避けたくて、自分を変えようと努力を続けていたさ中だったのに――。

（……どうして……心矢さん）

どんなに頑張っても、自分では彼を百パーセント、満足させることができないのか。懸命に外見や知識を磨いたところで、やはりしのぶはしのぶで、彼には見合わない器ということか。

膝の上で手を握り合わせ、目を伏せる。ベンチの上には、袋すら開けていないパンと、すっかり冷めてしまったコーヒー。もはや昼食をとる気分ではない。

憂いごとを抱え込んだまま、陽が傾くまで、しのぶは一人ぽつんとベンチに腰かけていた。


翌日、しのぶは熱を出して寝込んだ。ただでさえ疲労が蓄積していたところに、新たな悩みの種が加わり、とうとう身体が悲鳴をあげたのだ。

しのぶの状態を知った心矢は、薬に冷えピタに食料と、たくさんの見舞いの品を買い込んで駆けつけてくれた。しのぶにベッドに入っているように言い、一人でしばらくキッチンにこもったのち、湯気の立った椀を盆に載せて部屋に入ってきた。

「ほらしのぶ。粥作ったから、食え。つってもレトルトだけど」

「すみません……」

心矢の手を借り、よろよろと横になっていたベッドから半身を起こす。三十八度を超える熱のせいで、顔は真っ赤で息も荒い。心矢は傍らに腰を下ろすと、椀とスプーンを手に取った。

「ほら、あーんしろ」

しのぶが口を開けると、ふうふうして冷ました粥を食べさせてくれる。まるで雛の餌付けだ。

「美味いか？　熱くないか？」

言われてこくりと頷く。だが正直言って、味わうどころではなかった。

こうしている間も、心矢はしのぶに黙って、男優復帰に向けた準備を進めているかもしれないのだ。復帰自体はもちろんショックだが、恋人なのになにも教えてもらえないというのは、よりつらいものがある。

（心矢さんは優しいから。……俺には言い出せないのかもしれないけど）

……けど、それでもと、ぐずぐずと悩んでしまう。

「どうした、喉に詰まったか？　苦しいか？」

心配そうに顔色を曇らせた心矢が、優しく背をさする。ぷるぷると首を横に振り、なんとか彼が出してくれたものを完食しようとしたが、結局三分の一ほどしか食べられなかった。

「ごめんなさい」と謝っても、「なにを謝る必要があるんだ？」と心矢は気にしていない。それどころかなおも甲斐甲斐しく、汗を吸ったパジャマを脱がし、タオルで身体を拭いてくれる。

なんて優しくて頼りになるんだろう。それに比べて……自分は。

こんなふうに迷惑をかけるばかりで、性生活でもその他の面でも、ちっとも彼を満足させてあげられない。だから男優復帰に心を動かされてしまったのだ。

（情けない）

頑張りが足りないのだ。もっとアピールして成果を出さないと、性欲問題に関わらず、いつか本当に愛想を尽かされてしまう。これまで以上の焦燥感が押し寄せてきて、しのぶは自分が尽くされている場合ではないと、つらい身体に力を入れた。

「しのぶ？」

しのぶに新しいパジャマを着せて、ボタンを留めていた心矢は、しのぶがもぞりと動いたことに反応して声をあげた。しのぶがフラフラしながら心矢のシャツのボタンに手をかけ、一つずつ外しだすと、呆気にとられた表情になる。

「……なにやってんだ？」

「……えっち、するんです」

割れた腹筋が露わになると、身を屈めてそこに唇を押しつける。ちゅっ、ちゅっ、と音を立てて肌を吸いながら、今度はジーンズの前立てに手をかけた。

「エッチって……おいおい、なに言ってんだ。——わかった、あれだな？　熱が高くて、夢遊病みたいな状態になってんだろ」

心矢は笑い、じゃれついてくる猫をあやすみたいに、しのぶの肩を押し返そうとする。しのぶは首を振って離れることを拒むと、下着から引きずり出したペニスにふうっと息を吹きかけた。心矢の身体がびくりと震えると同時に、手にしたペニスが首をもたげる。

「正気、ですけど……熱が高くて、苦しいんです。だから……心矢さんの、このお注射で、俺を元気にしてくれませんか……？」

たくさん観たお医者さんもののAVでは、この手の台詞が鉄板だった。それを思い返しながら、ゆる勃ちの茎に手を添え、唇を寄せて亀頭を咥え込む。舌を絡めながら唇で圧をかけ、頭を上下に動かす。くらくらして、熱がまた上がった気がしたが、それでも必死で彼のモノを愛撫した。

しかし――心矢のそれは、しのぶの媚態とテクニックに反応して大きくなるどころか、みるみるうちに萎えていった。驚いて口から出したときには、通常時よりも縮こまってしまっていた。想像していなかった反応に、焦りが募る。

「き、気持ちよくなかったですか？　あの、もう一回、させてくださ……」

「やめろ」

心矢はきっぱりとした声で言い、今度は強い力でしのぶの肩を押した。よろめいて後ろに手をついたしのぶは、険しい顔つきの心矢を見てびくりとした。さっきまでの、具合の悪い恋人を思いやるやわらかな雰囲気は、完全に消え去っている。

「……おかしいぜ、最近のあんた。外見も言動も妙に色気づきやがって。……なんか、あるんじゃねえのか。俺に隠してること」

鋭い指摘を受け、動揺を顔に出さないよう努めながら、しのぶは喉に絡まる声で「……そんなの、ないですよ」と答えた。それでも心矢の瞳から疑惑の色は消えない。

「本当に？」

「ほ、本当です。もう、そんな話いいじゃないですか。それより、もう一度続きを……」

萎えた心矢の分身に再び手を伸ばそうとするものの、心矢に振り払われる。

「だから――っ、そういうところがおかしいって言ってんだよ！　相手を無視して、一人で突っ走るなんて、あんたのやることじゃ……っ」

心矢はかっとなって声を荒げたが、熱のせいで赤らんだしのぶの顔を見て、はっと口を噤んだ。くそ、と悪態を吐きながらがりがりと頭を掻き、ベッドを下りて身繕いをしだす。

「……具合の悪いあんたとこれ以上話はできねえな。とりあえず俺、帰るから」

「え……し、心矢さ……」

「今はとにかく、休め」

最後にジャケットを羽織った心矢は、なにか言いたげな瞳でじっとしのぶを見つめたあと、それだけ言って部屋を出ていってしまった。バタン、と玄関のドアが閉まる。ベッドに尻餅をついた体勢のまま、しのぶは動けない。ただ愕然と彼が消えていった方向を見ていた。

（……怒らせた？）

彼の剣呑な眼差しを思い出し、ぶるり、と身体が震える。心矢を喜ばせたい、満足させたい――その一心で頑張っていたつもりだったが、そんなしのぶを彼は「おかしい」と感じていたようだ。一人で突っ走っていると彼に指摘されたとおり、自分のことに必死で、心矢がどう思っているかなんて頭にもなかった。

「どうしよう……俺……っ」

心矢に男優復帰の気持ちを起こさせないどころではない。

（きらわれちゃったかもしれない……）

心矢の冷たい表情や、萎えたペニスを思い出し――しのぶは失意のどん底へと落ちていった。


数日後、しのぶの体調は無事に回復した。

熱が下がってすぐ、心矢には『先日はごめんなさい』とメールを送った。返事は来たものの、しのぶの身体を案じつつもどこかそっけない内容だった。

（……やっぱり、俺に冷めちゃったのかな）

数日ぶりに訪れたジムのプールでゆったりと平泳ぎしながら、あれ以来会えていない心矢のことを思う。あんな反応を見たあとのことだ、果たしてこんなところに通い続けて意味があるのかと疑問を持つが、あっさり諦められる勇気もなかった。

ジムという場所柄、肉体自慢の男性がそこここにいる。水着姿のマッチョやセクシーな身体つきの男らを、しのぶは気がつけば羨ましげな目で追っていた。

（俺もあれくらいの身体だったらな……）

激しい心矢のセックスに、楽々ついていけただろう。浅知恵を利用しなくても、心矢をメロメロにさせられたはずだ。結局——ああなりたい、こうしたいと思ったところで、昨日今日の努力ではどうにもならない。先日の一件があり、しのぶはその現実を思い知った。

心矢が男優復帰を果たしたら、今ほどには抱いてくれなくなるかもしれない。そう思うと悲しみを覚えると同時に、尻の孔がきゅうんと切なくなった。ついでに前まで硬くしてしまう。

(うわ……バカ、俺。なにやってるんだ……っ)

水中メガネを外して首にかけ、真っ赤になった顔を両手で覆う。こんな公衆の面前で、身体の反応がわかりやすい水着姿で、心矢との行為を思い出すのはまずい。誰かに気づかれる前に と、しのぶはあたふたとプールから上がった。

(もう、シャワーを浴びて帰ろう)

濡れた身体にバスタオルを巻き付けた格好でシャワールームへと急ぐ。空いていた一室に入ろうとしたところで、突然ドンッと背中を押され、しのぶはたたらを踏んだ。バスタオルがひらりと床に落ちる。

「な、に……っ」

体勢を立て直してから背後を見る。アパートのユニットバスほどの広さがあるシャワールームには、自分以外にもう一人の人物がいた。ドアに鍵をかけて振り向いたその顔を見て——あっ、と声をあげる。

「……心矢さん!? な、なんでここに……」

そこに立っていたのは、黒のボクサータイプの競泳水着を身につけた心矢だった。裸の上半身にはヒョウ柄のパーカーを羽織り、フードを被っている。見るからに機嫌が悪いオーラを纏っている彼は、さらにしのぶを驚愕させる一言を放った。

「あんたをつけてたんだよ」

「つ……つけてた⁉」

なぜそんな探偵みたいなことをと、ぎょっと目を見開く。

「ああ。こないだあんたんちに見舞いに行ったとき、たまたまここの会員証を見つけた。……妙だと思ったんだ。ジムなんてあんたのイメージじゃねえし、そもそも通い始めたなんて話も全然聞いてねえし。なのに、隠し事はない、の一点張りだし」

「それは……」と言い淀むしのぶに、心矢が鋭く切り込んでくる。

「どう考えたって怪しいだろ。最近あんたの様子がおかしかったのって……もしかしてここに関係あるんじゃねえのか？」

壁際に追い込まれるようにして心矢に迫られ、思わず硬直し、息を呑む。その反応を見てすうっと目を細めた心矢が、「やっぱりな」と低く呟いた。

「体調が回復したなら、そろそろ行くころじゃねえかって、仕事終わりのあんたをつけたら……案の定だ」

心矢がそんな格好でこの場にいるということは、内部に潜入してまでしのぶをつけるため、自分もジムの会員になったのだろう。徹底的な行動に、彼の執念を感じる。尾行には向かない派手な格好をしているのに、まったく気づかなかった自分も鈍すぎてどうかと思うけれど。

「あ、あの、心矢さん……ひっ⁉」

いきなり心矢が水着の上から股間をぎゅっと握ってきて、しのぶはびっくりして声をひっくり返らせた。今にも射殺されんばかりに睨まれる。

「そんなエロい顔して……ココをこんなに硬くしてんのは、誰のせいなんだ？　え？」

「だ、誰のせいって……？」

「とぼけんじゃねぇよ、ずっとあんたを見張ってたからわかってんだ。担当のインストラクターはあんた好みの唇してやがるし……さっきはプールで水着姿の男らを見るなり、真っ赤になって出て行きやがるし……あの中に、あんたの新しい男がいるんだろ⁉」

厳しい叱責に、しのぶはあんぐりと口を開いた。

（新しい男――だって？）

なにがどうなってそうなるのか。しのぶは股間という人質を取られたことも一瞬忘れ、唖然とする。心矢は鬼気迫る表情で、なおも言い募る。

「そいつ好みになりたいからって洒落っ気出したり、筋肉痛になるくらいの激しいセックスしたり、らしくねえ淫語覚えさせられたりしてんのかって訊いてんだよ！」

「…………へ？」

素っ頓狂な声を出し、ジェラシーに滾る心矢の目を見つめ返す。ここ最近、しのぶの様子がおかしかったのは、新たな男の出現が原因──そういうふうに彼は結びつけてしまったのか。

だが、実際は見当はずれもいいところだ。

しのぶの頭の中は心矢でいっぱいで、他人の唇なんかチェックしている余裕もなかったし、プールで赤くなったのだって、ペニスを少し硬くしてしまっていたのだって……心矢が原因だ。

しかし心矢の思い込みは強いようで、「正直に言わないと……こうだぞ」と、水着のウエスト部分から手を忍び込ませてくる。半勃起していたペニスを直接握られた瞬間、びりっとした快感が腰から背筋を駆け上がった。

「ああっ」

「やっぱり勃ってやがる……」

苛立(いらだ)っていても、心矢の手つきは快楽のツボを心得ていた。茎を扱かれ、袋を含む全体を揉み込まれると、あっという間に先走りが溢れてくる。

「うう……っ、ふう……っ」

肌にぴったりと張り付く競泳水着は、心矢の動きをある程度制限する。そのもどかしさがまた、よかった。長い指にいやらしい汁が絡み、ぬちっ、ぐちゅっ、と音が立つ。興奮と快感が高まっていき、身体が震えだす。シャワールームは完全個室で、鍵もかかっているとはいえ、ドア一枚隔てた場所には人がいるかもしれない。それ以前に、ここは淫らな行為をする部屋ではない。わかっているのに、緊張感や背徳感が劣情に取って代わる。

「エロい水着着やがって……そんなに『誰か』に見せたかったのかよ……」

しのぶが着ているのは心矢と同じ競泳用でもビキニタイプの水着だ。心矢のように惚れ惚れする身体つきの人間が着ればそれは扇情的かもしれないが、もやし体型の自分が着ても『エロ』くはならないと思うのだが。

「ちが……、店員さんが勧めてくれたのを、買っただけで……っ」

「尻も股間も、こんなに強調される水着をか？」

腿の半ばまで水着を引きずり下ろされると、ぷるるんっと飛び出してきたペニスは案の定、濡れそぼっていた。色は透明でも粘(ねば)り気があって量も多く、とてもじゃないがプールの水分と言って誤魔化(ごまか)せない。

「責められて感じてんじゃねえよ。それとも、俺の手に他の誰かを重ねてやがったのか？」

心矢が腹立たしさも露わに言い、しのぶの首から水中メガネを引き抜く。なにをするかと思えば、ベルト部分を何重にもしてしのぶのペニスの根元に巻き付けた。伸縮性のあるゴム製のベルトに締め付けられる感覚や、水中メガネでペニスが縛られる光景は、あまりに卑猥(ひわい)で全身をカッと熱くする。

「やあ……っ」

「いやじゃねえよ。乳首もこんなに勃たせやがって……」

水中メガネを取ろうと伸ばした手はあっさりと払われた。心矢の頭が胸元まで下りてきて、ピンクの乳輪を円を描くように舌でなぞられたあと、口に含まれてじゅるっと吸われる。

「あっ、ン」

淫らな乳首に罰を与えたいのか、歯を立ててくびりだされた乳頭を、舌で容赦なく嬲られる。もう片方の乳首は、指で弾かれたあと押し潰された。さらに余った手で尻肉を鷲掴みにし、潰さんばかりの力で揉む。「ふぁああ」とだらしのない声をあげながら、しのぶはピクピクと身体を痙攣させた。甘美な愉悦が射精感となって込み上げるが、ペニスを縛られているせいで行き場がない。それゆえ体内に溜まる一方のそれは、業火(ごうか)の責め苦となってしのぶを苛ませた。

「心矢さ……っ、や、です、もうつらい、出したいです……っ、これ、取ってくださ……っ」

「じゃあ言え。誰があんたの新しい男だ」

心矢は乳首から指を離すと、今度はその手をペニスへと滑らせた。腫れたペニスの先端を指の腹でぐりぐりと抉られ、頭が灼(や)ける。

「あぁぁあっ！　そ……んなの……、いませ……んっ」

とうとう涙腺が決壊して、雫が頬を伝った。

「全部、心矢さんのために、やってた、から……っ」

「俺のためだって？」

訝しげに眉根を寄せる心矢に、こくこくと頷いてみせる。

「お、俺は貧弱で、なんのテクニックもなくて……いつも、あなたを満足させてあげられない……。そうしたら心矢さんの性欲は……溜まる一方でしょう？　俺で無理なら、仕事で……男優に復帰して、欲求不満を解消すればいいって……思うんじゃないかって、それが不安で、怖くて、俺……っ」

心矢にはおかしな様子に見えたようだが、自分なりに考えて努力を重ね、心矢の性欲を受け止めきれる器になろうとしていたのだと明かす。

「黙っていたのは、ごめんなさい……っ。恥ずかしかったし、重いって思われたく、なくて」

「重いとか……ねえけど。そもそもなんで俺が男優に復帰するだなんて思ったんだよ」

「陽希さんに、復帰話を持ちかけられたの、車の中で聞いてたんです……。心矢さんはそのとき、否定してましたけど……。そのあと偶然陽希さんに会って、心矢さんが男優をやるための準備を進めてるって……教えて、もらって……」

「……なんだ、そりゃ」

呟いた心矢が、しのぶの身体からすっと手を離す。快感がいきなり遠くなり、しのぶは心許なさに襲われた。

呆れられただろうか。言わないほうがよかったのかもしれないという後悔が押し寄せる。

俯いたしのぶだったが、次の瞬間、びっくりして目を見張った。心矢の雄が——水着を思い切り盛り上げる形で、マックスに勃起していたからだ。

しのぶは彼の股間を指差し、金魚みたいに口をぱくぱくさせた。

「心矢さん……そ、それ……どうしたんです」

「どうしたもこうしたもあるか。あんたのせいだろうが」

「でも、この間俺が誘ったときは、萎えて……」

「そりゃ……仕方ねえだろ。ただでさえずっとあんたの態度を妙だと思ってたんだ。極めつけに、具合が悪いくせして無理矢理迫ってくるあんた見てたら……らしくないなんてもんじゃない、こんなの俺の知ってるしのぶじゃねえって堪忍袋（かんにんぶくろ）の緒が切れたっていうか。——でも」

心矢はフッと微笑むと、しのぶの両側の壁に手をついて、腕の中にその身体を閉じ込めた。勃起状態を知らしめるみたいに、下半身をぐりぐりと押しつける。

「それが全部俺のためだったってわかったんだ。だったら嬉しくてこうなるのは当然だろ？」

「あ、あぁっ、心矢、さ……っ」

「結局俺は、いつものあんたが好きなんだよ。メガネでボサッとしてて、天然なところがエロいあんたがな。……だからもう無理すんな。心配しなくても、俺はたぶん……あんたにしか勃たねえよ」

「でも……男優に復帰するって……」

「しねえよ。俺が抱くのは——抱きたいと思うのは、あんただけだ」

しのぶの不安を、心矢はきっぱりと打ち消す。水着越しでも伝わる彼の熱と逞しさと、ありのまましのぶを求めて愛してくれる……そんな意味合いの言葉に、心も身体も歓喜する。細胞の一つ一つが燃えているかのように熱かった。

「心矢さん、俺……嬉しい、です……っ」

「こーら、もう泣くな。顔、すっげブサイクになってんぞ。……はー、くそ可愛い」

嬉し泣きを堪えようと微妙な顔になったしのぶの鼻の頭に、心矢が自分の鼻を擦りつける。近い距離で目と目を合わせ、微笑み合う。そして――吸い寄せられるみたいにしっとりと唇を重ね、互いのやわらかさを味わった。

「んん……は、んう……っ」

唇も下半身もぴったりとくっついた状態で快楽を分かち合うと、二人だけれど一つの身体になったような錯覚を覚えた。キスは徐々に舌を絡ませ合うディープなものへと変わっていき、相手の舌を吸って唾液を交換する行為に、二人して没頭する。

「ふぁあ……っ」

チュパッと音を立てて唇が離れる。キスする前よりもぽってりと赤く腫れたように見える心矢の唇からは唾液の糸が引いていて、しのぶの唇と繋がっていた。それを舌で舐め取られる。どきどきする胸に呼応してペニスが揺れると、水中メガネのレンズがカチッとぶつかり合う音が聞こえた。

「……こういうのも、燃えるよな。AVだったら水泳部の部室っていうシチュエーションか？」

悪戯っぽい笑みを浮かべる心矢に、腿で中途半端にくしゃくしゃになっていた水着をさらに引き下ろされる。右脚を抜かれ、小さな布は左足首に絡まっただけの状態になった。

「す、水泳部って……」

「AV観まくったんなら、その中に一つくらいあったんじゃねえの？　先輩後輩とかテンプレだし、ああ——コーチと生徒ってのもいいよな。お気に入りの生徒にさ、知識や技術だけじゃなくて、子種も仕込んでやるんだよ。二人きりのエッチな特訓……てな」

心矢が瞳を煌めかせたのは、なにか楽しい遊びを思いついたからに違いない。心矢はしのぶの左脚をぐいと持ち上げると、先走りを掬い取った指で、蟻の門渡りをゆるゆると撫でた。唇を噛みつつ感じているしのぶをじっと観察しながら、その指をくぷりと蕾に埋める。

「……おまえはいけない生徒だな。練習は不真面目なくせして、ここだけはやたらと覚えがいい。俺の太い指を、こんなに悠々と泳がせて」

「な、なに言って、心矢さ……っ」

「コーチと呼べ。特訓中だぞ」

中を掻き回されて、AVを思わせる台詞を囁かれて、身体がどんどんと淫靡な熱を孕んでいく。間を置かずに指の本数を増やされても、なんの違和感も感じなかった。むしろプールで心矢との行為を思い出して昂り、さらに本人が現れての愛撫地獄と続き、身体の準備はすでに万端。それどころか、待ち侘びすぎてチーズみたいにとろける寸前だ。

「しん……、こ、コーチ、俺もう……っ」

「なんだ、こんなウォーミングアップでもう音を上げるのか？　おまえには少しキツめの教育的指導が必要なようだな」

ピンクの内壁がヒクヒクと蠢く肉筒から指を引き抜き、心矢が水着から分身を取り出す。生で見るマックス状態の勃起はやはり尋常ではなく、しのぶの口から緊張と恍惚の吐息が漏れる。

「あの……きょ、教育的指導の前に、水中メガネ、取ってくださ……」

「駄目だ。中イキはおまえの得意種目だろう？」

パンパンに膨らんだペニスの先を押し付けられると、蕾がジュッと灼けるような感覚を覚えた。それほどに心矢のモノは熱く滾っている。

「そんな、あ、駄目っ……あぁぁっ……！」

壁に背を預け、片足を持ち上げられた不安定な体勢のまま、ずぶずぶと衝撃を受け入れる。心矢は太った亀頭を呑み込ませたところで侵入を止め、浅い位置で小刻みな出し入れを繰り返した。しのぶは咄嗟(とっさ)に心矢の首に腕を回し、敏感な粘膜を絶え間なく擦られる刺激に耐えた。

「やだそれっ、ぐぷぐぷって、しないで……っ」

「違う。もっとしてくださいコーチ——だ」

囁いて、心矢が大きく腰を回す。花環が引き伸ばされると同時に、雄の括れた部分に前立腺が仕留められた。

「ああ……っ、そこ駄目、動かないで、すごく……弱いから……っ」

「コーチに命令するのか。生意気なやつめ」

駄目と言ったそばから、遠慮なくつつき回される。

「いやぁっ！　そんな……硬いので、いじめたら……ぁ」

「おまえほど強情な生徒はいないよ。調教のしがいがあって……可愛いやつは」

ぐり、と思い切り抉られる。その瞬間、悦楽が頂点に達し、視界が白く染まった。びくんびくんと身体を跳ねさせると、水中メガネに縛られた陰茎も同じ動きを見せる。それは可哀想なくらい真っ赤になって震えているが、滴っているのは先走りのみだ。目を見開いて声にならない声を漏らしていると、激しい締まりをどうにか堪えた心矢が言った。

「……上手いな。やはりおまえには才能がある。中イキのプロも夢じゃないな」

指先で鈴口を撫でられる。そんなプロ、なりたくないですと、答える余裕もない。

「上手にできたご褒美をやる。……奥に、俺の熱いのが欲しいだろう？」

そう言って、ようやく水中メガネを外してくれる。用済みとばかりに床へと投げ捨てたあとは、腰を大きく振るって、しのぶの最奥を叩いた。

「あんっ、あ……あぁっん……！」

灼熱の棍棒が、絶頂を迎えた直後で激しく収斂する中を、慈悲の欠片もなく突いてくる。硬い先端で襞を擦り潰され、太い幹で筒を広げられ、凶器のカリで前立腺を抉られる。しのぶが

垂れ流したものと心矢から出ているもの、二人分のカウパーが体内で混ざり合い、ぐちゃぐちゃといかがわしい水音を響かせる。心矢の陰嚢（いんのう）が尻を打つ苛烈なスパンキングだって、天にも昇りそうなほどの快楽だった。

「ふ……っ」

艶めいた吐息をこぼした心矢が、抱えたしのぶの脚を深く折り曲げ、より身体を密着させる。そうすることで、もっと深い場所へと、滾った欲望を潜り込ませていく。

「あ、ひ……っ、お、お腹の奥……コーチ、が……きて……すご……っ」

こんなにも深い結合が適ったのは、ストレッチと筋トレの賜物（たまもの）と言えよう。努力は完全に無駄ではなかったのかもしれない。

（熱い……それに、血管の一本一本まで、心矢さんを感じる……っ）

心も身体も一つになる、だけどそれで終わりではなく、二人でならもっと深い場所に行けるのだと確信する。

「イ……くぞっ」

心矢が切迫した声をあげ、しのぶの中でさらにペニスを膨張させる。強烈な快感を最後まで味わおうと、とろけた内壁をしこたま突いては抉る――それを素早く繰り返す。

全身が愉悦の波に攫（さら）われる。電流を流されたみたいに身体全体が痺れて、意識がふわっと浮いた。それは待ちに待った解放の訪れだった。

「あ、あー……っ！　……ああ、はぁ、あ……ん」

ペニスが歓喜の飛沫を噴き上げる。あまりに快楽が深すぎたからか、ぴゅるぴゅると白いお漏らしが止まらない。心矢の腹にまで飛んでいく。

「……っく」

しのぶの絶頂に引きずられ、心矢もほぼ同時に果てた。肉壺の最奥に向かって欲望のすべてをどろりと吐き出す。どれだけ出すのだろうと思うほど腹の中に激しい射撃を受け、受け止めきれないぶんが溢れて結合部から滴り落ちた。

「あー……すげえ出た。燃えた」

水泳部プレイの感想を満足げに呟く心矢の胸に、ぽすんと火照った顔をうずめる。

「もう……こんなにたくさん。お腹、苦しいじゃないですか……」

「苦しい？　――は、当然」

心矢が自信満々の口調で返してくる。

「それが俺の愛だろうが」

しのぶはきょとんとしたあと、それもそうかと納得させられ、微笑んだ。これからも不安になることはあるだろうが、そのたびに心矢はきっと、苦しいくらいの愛情をぶつけて教えてくれるだろう。自分にはしのぶだけで、しのぶにも自分だけなんだということを。

「……俺も。愛してます」

幸せで心を満たしながら瞳を閉じる。囁きとともに贈るのは、とびきりに甘いキスだった。

しのぶは帰り際にジムの退会手続きをとった。体力も限界にきていたし、また身体を壊す前にやめろと心矢の反対にあったのだ。ついでに七三分けに黒縁メガネも復活させた。以前のもっさりしたしのぶに元通りだが、やはりこの状態が一番自然というか、落ち着く。

一方の心矢は、駅へと向かう道すがら、心底惜しそうに手元の携帯を見つめていた。

「畜生、さっきのセックス、これで撮っておけばよかった。いいオカズになったのに」

明け透けな言葉を吐く心矢に、しのぶのほうが挙動不審になり、周囲をきょろきょろと見回す。赤面して「なに言ってるんですか」と小声で責めると、心矢が大きなため息をついた。

「俺には死活問題なんだよ。性欲なんてあんたがそばにいる限りいくらでも湧いてくるんだから、永遠に満足なんてできねえし。あんたを壊したくないけど、あんた以外抱きたくもないんだから——せめてあんたをオカズに自己処理するしかねえだろうが」

「じゃあ、今まではなにをオカズに……」

「前に事務所でハメ撮りしたろ、あのときの映像。携帯にデータ転送して、いつでも観られるようにしてあるんだ。あのときのあんた、すっげぇ可愛くて、マジ何回観ても抜けるし」

「あ……あのときの……!?」

驚いたしのぶは、次の瞬間、はっと気づいた。前に心矢がAVを観ながら自慰をしているところを盗み見てしまったことがあるが、そのとき彼が観ていたのが、しのぶとの思い出秘蔵(ひぞう)映像だったということか。

　そうやって性欲と理性に折り合いをつけていたのならば——疑問が一つ残る。

「だったら、男優をやるために進めている準備っていうのは……いったいなんなんですか？」

　話しているうちに駅へと到着し、二人は改札を抜けてホームへと降り立った。そこでいきなり心矢に肩を抱かれ、家とは行き先の違う電車に乗せられる。プシューッと閉まるドアを見て、「心矢さん!?」と声を裏返らせた。

「——過去に未練なんざねえよ。俺の愛も欲も、あんただけのもんだからな」

　二人が乗った車両は、乗客の姿はまばらで席は空(あ)いている。しかし心矢は座ろうとせず、あたふたするしのぶを反対側のドア際へと追い込んでいった。

「ただ、ハメ撮り映像見ながらオナってたとき、ぴんときただけだ。俺とあんたが男優になれば——完璧な設備で俺らのプライベートAVが撮れたら、最高のオカズになるかも、ってな」

「ぷ、ぷ、プライベート……AV……!?」

　その思いつきに始まり、スタジオレンタルやセット組み、カメラマンを入れたくないので固定カメラの台数揃えなど、社長にかけあい着々と準備を進めていたことを続けて明かされる。

（じゃあ、あのとき、心矢さんが悩ましげにしてたのは……）

　男優の仕事に惹かれたわけではなく、いかがわしい企みを思いついたからだったのか。そうとは知らず、しのぶは危機感を覚えて四苦八苦、心矢のためにと自分改造計画を遂行していたわけだ。唖然とするのを通り越し、笑いが込み上げてきた。

「まったく……売り物でもないのに、私用のＡＶを作ろうとするなんて。心矢さんのＡＶにかける情熱をまだまだ甘く見てたなって思い知りました。……俺への気持ちも」

頬を桃色に染めて呟く。すると心矢が下半身を押し付けるようにして、ピタリと身を寄せてきたので驚いた。

「あ、あの、心矢さん……？　ここ、電車の中ですよ……？　人、いますよ……？」

「なあ、しのぶ。これからスタジオに連れていってやるから……楽しみにしてな。でもその前に、今のあんたの顔見て火が点いたから、ここで痴漢プレイといきたいんだけど」

「ちか……っ!?　いいい、いけませんよ、それは！」

「冗談だ」

「で、ですよね……」

「せっかく俺のためにつけてくれた体力だ。メインのお楽しみの前に消耗したら、意味ないだろ？」

一瞬の隙をついて耳朶に口づけられ、「愛してるぜ」と囁かれる。しのぶはぼんっと火を噴くように赤くなり、心矢の笑いを誘ったのだった。

あとがき

AFTERWORD

―椿姫せいら―


　こんにちは。二冊目を出していただくことができました。夢のようです……！　お仕事で小説を書かせていただける喜び、こうして本という形にしていただける有り難みをひしひしと感じています。

　さて、今回は攻が己のペニス（を使った仕事）に絶大な誇りを持った元ゲイAV界の帝王という設定で……ペニスキングらしくエッチも多種多様（笑）。勉強のために男女・ゲイもの問わずAVをたくさん観ました。AVって日常的なシチュエーションが多いのに、どうしてあもドラマティック……を通り越してときに「ねえわ!!」と突っ込ませてくれるのでしょう。例えば、書き下ろしのプレイでもありましたが、素人スカウトもの。観た中で一番面白かったのは、部屋へと誘い込まれた素人の子がインタビュアーと雑談していると、座っていたソファの背後から突然全裸おじさんが現れ、なんの前触れもなくぶっすりと挿入してくるというやつでした。ほ、ホラーでしょこれ!!　と思いつつ、最後まで目が離せず。インタビュアーの存在も、今までの流れも、素人の子の困惑も一切スルーして、棒としての役目を果たし去っていくおじさんは衝撃的でした……。

　さらに衝撃と言えば。以前バイト先の上司で、お金に困ってAVのスカウトをやったことがあるという男性がいました。そんなこと実際にあるんだと驚くようなディープな話も聞かせてもらい、そのときは都会怖いぶるぶる、となったものですが、心矢の設定を考えるのになかなか参考になりました。その方も、今まさか私がＢＬ小説を書いていて、ＡＶだのフェチだのを追求しているとは思ってもいないだろうなあ（笑）。

思いのほかＡＶ話で盛り上がってしまいましたが、最後にご挨拶を。

イラストを担当してくださった北沢きょう先生、お忙しいところ本当にありがとうございました！　透明感と滴るような色気を併せ持った先生の絵は、唯一無二の魅力で、大好きです。先生が華を持たせてくださったキャラたちをこれからも愛していきます！

いつもお世話になっております担当様。手のかかるやつでいつも申し訳ないと心から思っています……！　感謝の気持ちが尽きません。もっともっと努力し続けますので、これからもご指導いただけると嬉しいです！

編集部はじめ出版社の皆様にも、文庫や雑誌の作業でいつもご尽力いただいております。厚く御礼申し上げます。これからもどうぞよろしくお願いいたします。

そしてこの本をお手に取ってくださり、いつも応援してくださる皆様、本当にありがとうございます！　少しでも楽しんでいただけたかなとドキドキしています。よろしければお気軽にご感想などお聞かせください。またお会いできますように。

椿姫せいら

猫とジェラシー

「……どうしたんですか、その傷」

　二人の休日が重なった日。心矢の家へとやってきたしのぶは、心矢が頬につけた引っ掻き傷を見るなり、びっくりした様子で言った。「猫にやられた」と心矢が憮然と答える。

「陽希が二泊三日で旅行に行く間、飼い猫を預かってくれって、半ば無理矢理押し付けられたんだよ」

　心矢が踵を返し、玄関からリビングへと向かう。もう何度も訪れているのだから気楽に入ってくればいいものを、しのぶは「お邪魔します」とぺこりと頭を下げて、脱いだ靴もきちんと揃えて心矢の後についてきた。礼儀正しいというか、バカがつくほど真面目というか――そういうところもたまらなく好きだと思うが、口に出すと『恋人に骨抜きになっているダサい男』であるのを自覚させられるようで、あまり言えない。

（……んなこと思ってる時点で、充分だせぇけど）

　早くその邪魔なシャツとズボンを脱がせて、甘い身体を貪りたい――などと考えているこちらの気も知らず、しのぶは「陽希さん、猫飼ってるんですか。なんか、わかる気がします」と、ほわわんとした笑顔で呑気なことを言っている。

「……ふわあ！　か、可愛い……っ」

リビングのドアを開けると、ソファの上で自分よりも大きなクッション相手に格闘していた子猫は、『なぁに？　だぁれ？』とでも言いたげな顔でこちらを見た。銀色の被毛、サファイアブルーの瞳――まだ生後数ヵ月といったところのロシアンブルーに、しのぶは一目惚れしてしまったようだ。心矢の横をすり抜けて、ソファに駆け寄る。

「こ、こんにちは、子猫ちゃん。はじめまして。鈴木しのぶといいます」

「にあ」

「だ、抱っこしてもいいですか」

「にあ」

猫相手に、名刺でも出しかねない生真面目な挨拶をしたしのぶを、子猫は気に入ったらしい。しのぶが差し出す手に自分から頭を擦りつけにいくのを見て、心矢は若干カチンときた。

――おい。馴れ馴れしくすんじゃねぇ、ネコ野郎。しのぶは俺んだ。

思わず口から出かけたが、いやいや、相手は猫だ、新屋さまどころか動物相手にまで嫉妬しているなんて知られたら、さすがのしのぶも呆れるぞと思い止まる。

「わぁ、ふわふわ……。可愛いなあ。実家でも猫を飼ってるんですけど、年に数度しか帰省しないので、あまり会えないのが淋しくて」

　そっと子猫を抱き上げてソファに座ったしのぶの隣に、心矢も腰を落ち着ける。

「じゃあ、今度一緒に会いにいくか？　あんたの実家、俺も行ってみたいし。親御さんに、息子さんを俺にくださいって言いたいしな」

「……本気ですか？」

　子猫から心矢へと視線を移したしのぶの瞳が、期待のためか感激のせいか、熱っぽく潤んでいる。心矢はしのぶの肩に腕を回してその身体を引き寄せた。

「冗談って思われるほうが心外なんだけど？」

「だって……そんな……シンデレラストーリーみたいなこと、俺に起こるなんて……」

「シンデレラを迎えにいくのは王子様じゃなくて、元ゲイAV男優だけどな」

　心矢の言葉に、花が綻ぶような笑顔をしのぶが見せる。ああ、とため息のような声が心矢の唇から漏れた。誰かの笑顔が、こんなにも可愛く愛しく思えて、笑ってくれると胸が熱くなるほど嬉しく感じるのはしのぶだけだ。恋愛は手遊び、セックスは仕事。そんなふうに割り切っていた自分を変えた存在。柄にもなく、運命だと思える相手――。

「……あんたのこと、一生、好きだぜ」

　真摯に囁いて、しのぶに唇を寄せていく。しのぶはうっとりと瞳を閉じかけた――が。

「うにゃ」

心矢の唇に触れたのは、しのぶのやわらかな唇ではなく、ぷにっとした猫の肉球だった。猫の手ガードでキスを寸止めさせられた心矢は、この野郎と、怒りに震える。

「どうしたの？　一人で放っておかれて、淋しくなっちゃったかな？　ごめんね」

「あっ！」

しのぶが子猫を顔の位置まで抱き上げて、その鼻の頭にちゅっと口づける。猫はお返しとばかりに、しのぶの顔をぺろぺろと舐めた。

（そのキスは俺のもんだったのに！）

俺は理性を持った人間だ、余裕のある彼氏だと己に言い聞かせていた心矢の自制心に、ピキリとヒビが入る。

「あんっ、だめだよそこは、もう」

しのぶの脚の上に着地した子猫が、股間に顔を突っ込み、くんくんと匂いを嗅いでいるのを見た瞬間――心矢の頭の中でブチッとなにかが切れる音がした。

猫がどうした。猫は猫でも、相手はオスだ。自分にはちっとも懐かないくせに、しのぶにはすり寄っている時点で、敵認定すべきだった。

（我慢とか……してられっかよ）

欲しいものは欲しいと言う。大事なものは奪われる前に相手を潰す。

それが帝王と呼ばれた心矢という男だ。

「おい、ネコ野郎。ソコは俺の縄張りで、そういうコトは俺の専売特許なんだよ」

苛立つ口調とは対照的に優しく子猫を抱き上げ、足元に置いてあった猫用のスクエアベッドに下ろしてやる。邪魔するにゃ！　とばかりに子猫は牙を剥いて身体中の毛を力一杯逆立てた。

「なんだよ。威嚇のつもりか？」

「心矢さんてば。可愛い」

フンと鼻を鳴らして見下ろす。子猫と本気でやり合う心矢の姿に、しのぶは噴き出した。

「……俺は猫と同列か？　誰のせいで、こんな――」

心矢はややばつが悪そうに顔を歪めたが、ふと楽しげな笑みを浮かべた。

「じゃあ、俺のことも子猫だと思って、甘やかしてくれよ」

ソファの座面にしのぶを押し倒す。仰向けになったその身体の上にずしりと覆い被さると、しのぶはなんらかの予感を感じたのか、頬を染めてぼそぼそと呟いた。

「心矢さんの図体の大きさで子猫はないでしょう……」

「差別はよくない」

いけしゃあしゃあと言い、さっきの子猫みたいにしのぶの頬をぺろっと舐める。しのぶは笑ってぺろぺろ攻撃を受けるが、その舌がどんどんと下へ向かっていくと、余裕のない表情へと変わった。甘い唇を、顎を、首筋を舐め回しつつ、しのぶのシャツの前を開く。

「あんっ」

そして、待ってましたとばかりに乳首に吸いついた。小さな突起を咥えると、唾液を絡めながらちゅくちゅくと吸い、もう片方は指で転がす。まるで子猫が母猫のお乳を探っているかのように。

「猫の乳首は、個体差はあっても平均八つはあるってなにかで見たんだが……あと六つはどこに隠れてんだ?」

「ばか、もう、今あなたが吸ってるものと転がしてるもの以外、あるわけないでしょう……っ。ひぁあんっ、もう、ちゅぽんってしちゃだめぇ……っ」

しのぶは胸をガードするようにうつ伏せになる。甘い。心矢はほくそ笑みながら舌なめずりをし、下着ごとズボンをむしり取った。するとしのぶを守ろうとしたのか、子猫がソファに飛び乗ってきて、猫パンチを繰り出してくる。こちらも甘い。心矢は再び子猫をベッドに戻した。

「ああ、ふにゃあって、怒ってますよ。かわいそうに」

「うるせえ。オスに同情は不要なんだよ」

「俺だってオスですよ」

「あんたはオスでも、俺に抱かれるときはメスになる。可愛がって、孕ませたくなる。他のオスに邪魔されてたまるか」

「……もう。我儘なんですから」

「いやか」

「いやだなんて。好きに決まってるでしょう……？」

しのぶが振り向いて、潤んだ瞳を向けてくる。心矢はたまらない気持ちになった。膨れ上がる愛おしさと劣情に押されるまま、しのぶの背に覆い被さり、小さな顎を摑んで横を向かせ、貪るように口づける。同時に切羽詰まった手つきで、自分のジーンズの前を緩めた。

「心矢さん、しんや、さ……っ」

取り出した猛りをしのぶの双丘の狭間に擦りつけ、蕾を解し、先走りで濡らす。しのぶは絶え間なく甘ったるい声をあげ、尻を高く掲げた。発情してオスを誘う、メス猫のように。

「も、早く……お……奥まで、くださ……っ」

「まだそんな慣らしてねえだろ」

「大丈夫、だから……ぁ」

健気な孔がヒクヒクと蠢いて、心矢のペニスの先端を食もうとする。

「孕ませて……くれるんですよね？　子づくり……しましょ……？」

官能的な台詞を聞かされた心矢は舌を打つと、熱く硬い分身を思い切りしのぶの中に沈めた。こりこりとした感触の前立腺を抉りながら、激しく奥を突いて媚肉を捏ね回し、快楽に耽る。

「あぁ……っ！　あ、あ、んあっ、あん、す……ごい……きもちい……っ」

発情期の獣そのものの姿勢でたっぷりと愛し合い――後日。陽希にあの子猫が通常より早く発情期を迎えたと知らされた心矢は、自分たちの影響を疑ったものの、無論それは秘密である。

この本を読んでのご意見、ご感想などをお寄せください。
椿姫せいら先生・北沢きょう先生へのはげましのおたよりもお待ちしております。

〒113-0024　東京都文京区西片2-19-18　新書館
[編集部へのご意見・ご感想] ディアプラス編集部「AVみたいな恋ですが」係
[先生方へのおたより] ディアプラス編集部気付　○○先生

- 初出 -
AVみたいな恋ですが：小説DEAR+16年アキ号（vol.63）
恋人たちの密かごと：書き下ろし
猫とジェラシー：書き下ろし

[エーブイみたいなこいですが]
AVみたいな恋ですが

著者：**椿姫せいら** つばき・せいら

初版発行：2018年8月25日

発行所：株式会社 新書館
[編集] 〒113-0024
東京都文京区西片2-19-18　電話（03）3811-2631
[営業] 〒174-0043
東京都板橋区坂下1-22-14　電話（03）5970-3840
[URL] https://www.shinshokan.co.jp/

印刷・製本：株式会社光邦

ISBN978-4-403-52460-8